Hanne Ørstavik

bleib bei mir

HANNE ØRSTAVIK

bleib bei mir

Roman

Aus dem Norwegischen
von Andreas Donat

Karl **Rauch**

//

Bei uns zu Hause sagte niemand, ich hab dich lieb. Hätte ich gefragt, sie hätten Ja gesagt, Mama und Papa, das weiß ich, klar hatten sie mich lieb. Aber ich fragte nicht, auch um Papa nicht wütend zu machen. Das war doch selbstverständlich. So, wie Gott die Menschen lieb hat. Das weißt du doch. Warum konnte ich es nicht fühlen?

Sie berührten einander nie, es gab zwischen ihnen keine Liebkosungen, keine Zärtlichkeit. Meine Mutter fand meinen Vater sentimental, lächerlich und mitleiderregend und hatte doch Angst vor ihm, Todesangst, Papa mit der Axt mitten in der Nacht im Schnee über die Felder, er hatte Selbstgebrannten getrunken (sagte Mama) und rannte wild rasend umher und sprang über die Steinmauer, das sehe ich vor mir, in einem Satz über die Mauer im Schnee, wie jung und stark und geschmeidig er damals gewesen sein muss, Papa, jünger als M jetzt ist, dreiunddreißig oder vierunddreißig, aber jetzt erzählt mir Papa, es sei ganz anders gewesen, er habe nicht getrunken und sei auch nicht wütend gewesen, das mit der Axt habe einfach niemand verstanden, er habe niemanden verfolgt, und die Axt habe er als eine Art Hammer benutzen wollen, wie vor Gericht, um damit etwas zu unterstreichen, einen Standpunkt, anscheinend war über Politik diskutiert worden, Dein Vater spinnt, er ist den Leuten mit einer Axt hinterhergerannt, am Ende hat ihm der Tierarzt eine Beruhigungsspritze verpasst, mehrere Männer mussten ihn niederringen. Aber das mit der Axt ist schon so lange her, Mama war gerade mit mir schwanger, es ist bei diesem einen Mal geblieben.

Es war nicht Papa mit der Axt, vor dem wir Angst hatten. Wir hatten einfach Angst. Vor was hatten wir solche Angst?

Es hatte mit Liebe zu tun und damit, dass dieses Wort so selbstverständlich war, ich seine Bedeutung aber nicht fühlen konnte. Das Einzige, was ich fühlte, war Angst, die Angst war wirklich, die ganze Zeit. Ich erinnere mich nicht daran, wie es zu Papas Wutanfällen kam. Sie kamen einfach. Jemand hatte ein Glas umgekippt oder sich zum Essen verspätet. Jemand bekam beim Wandern eine Blase am Fuß, die mit einem Pflaster versorgt werden musste. Jemand warf die Angel so aus, dass der Haken hängen blieb. Es reichte schon, etwas auf den Notizblock neben dem Telefon gezeichnet zu haben. Dass eine Freundin anrief, während wir beim Essen saßen. Es waren nicht die Dinge an sich, sondern was sie bedeuteten: Man hatte etwas nicht gut genug gemacht. Nicht gut genug aufgepasst. Es war nicht die verschüttete Milch, sondern überhaupt *so zu sein*. Ein Schussel, ohne jede Rücksicht oder Aufmerksamkeit. Es klingt nach so wenig, wenn ich es hier schreibe. Aber es war nicht wenig, es war alles. Die Welt war hart. Falsch war falsch. Wo es doch hätte richtig sein können. Angst als Zustand. Ich weiß nicht, wann es anfing. Ich hatte einfach nur Angst, Angst war eine Haut in der Haut, die abzulegen unmöglich war.

Es fühlt sich seltsam an, es aufzuschreiben. Dass wir Angst hatten. Es bringt mich zum Weinen, ich weine, während ich dies schreibe, ich sage laut: Wir hatten einfach Angst. Wir hatten die ganze Zeit Angst. Jetzt bin ich bald dreiundfünfzig.

Und ich frage mich – was hätten wir empfunden, wenn wir keine Angst empfunden hätten? Fast kommt es mir so vor, als mangelte es an etwas anderem, das wir anstatt der Angst hätten fühlen können. Auch das klingt seltsam, wenn ich es niederschreibe, aber das sind meine Gedanken: Hätten wir keine Angst gehabt, hätte die Angst plötzlich aufgehört, was wäre dann gewesen?

Wenn die Angst zum Untersten, Innersten, zum Wirklichen geworden ist. Wenn sie einem genommen wird: ein riesiger Krater. Die Angst ist so total. Die Angst ist Wasser, das überall hineinsickert, in jeden Winkel, unter jedes Bett. Das Mädchen, das ich gewesen bin, zum Beispiel als ich zehn war, wenn die Angst, die es damals empfand, wenn der Grund für diese Angst, der offensichtlichste Grund: Papa, nicht mehr da gewesen wäre, wenn Papa gestorben wäre, oder Mama ihn verlassen hätte, als ich zehn war, und mich mitgenommen hätte, hätte ich dann keine Angst mehr gehabt? Was wäre ich dann gewesen, ohne Angst? Wer bin ich, wenn ich keine Angst habe?

Da ist noch mehr. Etwas, das nicht auf einen bestimmten Punkt zurückgeführt werden kann – so ist es nicht. Da ist noch etwas, und ich weiß nicht, was.

Ich begriff es einfach nicht. Das ist auf den Fotos aus meiner Kindheit zu sehen. Als ich zwei war, gingen wir in Vadsø zum Fotografen, schwarz-weiß, Graunuancen, ich sitze auf Papas Schoß, dunkler Faltenrock und weiße Strumpfhose, mein Bruder, ein Jahr älter, neben mir auf Mamas Schoß. Alle lächeln, nur ich nicht, ich schaue misstrauisch drein. Als versuchte ich zu verstehen, die ganze Zeit. Was machen wir da eigentlich? Was tun wir hier? Ich glaube, während meiner ganzen Kindheit habe ich nie begriffen, was das Ganze überhaupt sollte. Wozu leben, wenn es keine Freude gibt. Wenn es nichts Gutes gibt, keine Sanftmut, keine – Liebe?

Und dann, im selben Moment, davon ausgeschlossen zu sein. Liebe war etwas für die anderen. Ich sah sie in Filmen, konnte sie nachahmen. Aber ich war nicht in ihr. Wusste nicht wie. Schämte mich. Versuchte es geheim zu halten. Ich schaffte es nicht.

Und als mein Ex-Mann, der Vater meiner Tochter, nach zwölf Jahren zu mir sagte, es gebe liebevollere Formen des Zusammenlebens, wusste ich, dass er recht hatte. Ich konnte nicht. Wir ließen uns scheiden. Denn was half es schon, es zu wissen. Ich hatte es doch immer gewusst. Ich wusste nur nicht, was ich dagegen tun sollte.

Zehn Jahre später lernte ich L kennen, der Verleger war, und mit L wurde Nähe zu etwas Gutem. Was meine ich damit? Ich meine, dass ich langsam – mal mehr, mal weniger – anfing, in der Nähe eines anderen Ruhe zu finden. Er war so liebevoll. Aufmerksam. Die weiche, grünliche Haut. Wie sich das Gute in ihm veränderte und sichtbar war, im Gesicht, in den Augen, im leichten Zittern seines Körpers. Seine Hand, trocken und warm. Er verlangte nichts von mir, was ich nicht hatte. Er gab mir wieder und wieder das Gefühl, dass ich gut war. Besser, als ich oft selbst glaubte. Dass ich willkommen war, dass er mich so haben wollte, wie ich war.

Vier Jahre hat es gedauert, die letzten zwei war L krank, dann starb er. Das ist jetzt zwei Jahre her. Ein Jahr später begegnete ich M. Und schon vor Ls Tod wusste ich, dass ich diesen Roman schreiben würde. Ich habe etwas über ihn gewusst, aber etwas hielt mich zurück, ich habe gewartet und gewartet, dass er sich öffnet, dass er mich mitnimmt, ich habe so sehr darauf gewartet, dass er anfängt.

//

Das Erste, was ich schrieb, noch vor Ls Tod, war dies:

Sie kauert auf den Knien und blickt ins Wasser. Ein Anlegesteg führt weit hinaus auf den See, es könnte eine Brücke sein, aber dann hört er einfach auf. Wo er aufhört, sitzt sie.

Sie blickt ins Wasser, als wäre das Wasser nur eine durchsichtige Haut und dort unten noch eine andere Welt.

Als gebe es Teile von ihr, die dort in jener anderen Welt leben, Teile, die nicht sichtbar sind, weder für sie noch für jemand anderen.

So sitzt sie auf dem Anlegesteg und blickt ins Wasser, und es geht nicht darum, dass sie wartet, es geht einfach darum, dass sie *ist*.

Jahrelang, nur dieses Bild. Ich kam nicht weiter. Und es ist wahr, sie hat nicht gewartet. Sie war einfach. Sie war, dort am Wasser, war dieses Bild in mir, ein Zustand. Ich bin es, die gewartet hat. Habe das Bild mit mir herumgetragen, an Land gestanden, bin hinter ihr auf den Anlegesteg hinausgegangen, habe mich neben sie gesetzt, versucht, zu sehen, was sie sieht. Aber ich bin nicht zu ihr durchgedrungen, habe nichts gesehen.

Und dann, eines Tages, war es möglich zu schreiben:

Sie ist einfach geblieben. Sie kam mit Myrto, der das Orchester hier übernehmen sollte, aber dann ist er auf einmal gestorben.

Da waren sie etwas länger als ein Jahr verheiratet, kannten einander seit fünf Jahren. Sie vergrub seine Asche unter dem Baum, den sie vom Fenster aus sieht. Vor einer Woche bekam sie eine Nachricht von seiner Tochter, die schrieb, dass auch sie gern etwas Asche zum Verstreuen hätte (Papà). Da nahm Judith eine kleine Gartenschaufel und schob damit den Kies zur Seite, und darunter lag immer noch die Asche, als wäre nicht ein ganzer Herbst voll Regen und ein Winter voll Schnee vergangen, seit sie sie dort vergraben hatte, Schneehaufen, die gefroren und wieder geschmolzen waren, wieder und wieder, und sie schüttete ein wenig Asche in einen kleinen Behälter aus Metall und schickte ihn mit der Post übers Meer.

Die Bilder sind so still. Reglos. Als wäre etwas stehen geblieben. *Es geht einfach darum, dass sie ist.* Aber was ist sie. Sie ist dieser Körper, den es tagsüber dort gibt. Abends legt sie sich in das große, etwas zu weiche Bett und macht das Licht aus, und dann umfängt sie die Nacht, bis es wieder Morgen wird.

Eine kleine Weile ist er bei ihr gewesen. Am Morgen, wenn sie aufwachten, blickte er von seinem Kissen herüber, und der Blick seiner grauen Augen lag so sanft auf ihr.

Dann, am Anfang, ein schweres Weinen, tief aus dem Bauch und endlos, ein Weinen, in dem sie aus und ein gehen konnte, das sie die ganze Zeit umgab.

Wie lange dauert der Anfang. Wann geht der Anfang in etwas anderes über, wird zum Alltag. Wann verändert sich der Alltag und wird wieder zu etwas anderem.

Und was ist jetzt? Es ist, als wäre sie aus dem Schweren, Dunklen, das über ihr hing, hinausgetreten in einen Raum, der offen ist und weit und leer.

Aber mehr über sie zu erfahren, ist nicht möglich. Wir sehen, was wir sehen. Auch sie weiß nicht mehr über sich selbst.

Es gibt keine Augen mehr, die sie sehen, wie er sie gesehen hat. Ein Blick, der etwas in ihr öffnete, wellenförmig von jenem Punkt in ihrer Mitte aus, es muss das Herz sein, und das Herz war eine fast offene rosafarbene Knospe, die sich auf einer hellgrünen Wasseroberfläche auf und ab bewegte, ein Glucksen, ein Strömen.

Nie zuvor hatte sie das erlebt: dass es währte. Dass das weiche Gefühl in der Brust andauerte. Dass es nicht abgeschnitten wurde, das Gute in seinen Augen, das es geschehen ließ. Dass es nicht auf einmal wieder verschwand. Sie war kurz davor, daran zu glauben, sich hinauszulehnen, leichtsinnig zu werden.

Und dann war er derjenige, der verschwand.

Sie wurden von einem Mitarbeiter des Orchesters vom Flughafen abgeholt. Jeder von ihnen hatte zwei Koffer, Myrto zwei rote, sie einen schwarzen und einen blauen. Ihr Handgepäck bestand aus dem alten, schweren MacBook und den Büchern, die mitzunehmen sie nicht hatte lassen können. Es war keine rationale Auswahl gewesen, es waren die Bücher, die gerufen hatten, als sie in Mailand den Blick über das Regal hatte schweifen lassen. Myrto hatte, abgesehen von seinen Partituren, drei Bücher eingepackt, eine Sammlung mit Tschechow-Erzählungen und zwei französische Bücher über Musik und Sinn, dazu das Notizbuch, in das er mit winziger Schrift schrieb. Das hatte sie immer schon verwundert, wie jemand eine so kleine Handschrift haben und zugleich mit denselben Händen so viel Klang erzeugen konnte, dass in seinem Körper, der so sanft und freundlich an ihrer Seite war, auch jener Mann steckte, der vor dem Orchester explodierte. Wie wild er dann wirkte, fremd und unbekannt. Oft sah sie ihn so vor sich, wenn er in sie eindrang und mit jedem Stoß bis zum Äußersten wollte, auch im Zarten und Zerbrechlichen bis ins Äußerste, bis dorthin, wo es keinen Abstand mehr gab, keinen Abstand zwischen seinem Inneren und dem, was ihn umgab, der Musik. Und ihr allererstes Kleid hatte sie mitgenommen, das sie in einem Frühling während der Oberstufe nach einem Brautkleidmuster genäht hatte, der Stoff war braun, Baumwolle, sie hatte am wackligen Tisch in der Küche vor der Nähmaschine gesessen, jeden Abend blieb es länger hell, und als sie endlich fertig war, zog sie das Kleid eines Tages in die Schule an, aber dann kam es nicht so, wie sie es sich ausgemalt hatte, dass durch dieses Kleid in ihr etwas sichtbar werden würde, sich etwas öffnen würde, sie den anderen näherbringen würde, es war umgekehrt, als zögen sich die anderen zurück, sie sah, dass manche ein Lächeln unterdrückten, niemand schien zu verstehen, trotzdem packte sie das Kleid bei jedem Umzug erneut ein und nahm es mit.

Schon im Auto auf dem Weg vom Flughafen, Myrto unterhielt sich mit Hardy, so hieß er, während Judith aus dem Fenster schaute, schon da, dieses Gefühl, alles sei zu groß. Als wäre sie in einer anderen Welt gelandet, wo alles wie aufgeblasen war, die Straßen extra breit, die Hochhäuser extra hoch. Als wäre alles so groß, dass sie die Krümmung der Erdkugel sehen konnte, als würde man von einem Strand aus den ganzen Horizont vor sich ausgespannt sehen, wie er sich an den Seiten nach unten neigt.

Und wie sie sofort gefühlt hatte, dass das grüne Holzhaus, vor dem Hardy schließlich hielt, ein Ort war, den sie lieben würde, ein Zuhause. Die rechte Hälfte sollte ihnen gehören, zwei Etagen, mit rot und gelb umrandeten Fenstern, Pippi-artig, die andere Hälfte sah genauso aus und stand leer, als sie kamen, und seither ist auch niemand nachgekommen. Das Haus gehört dem Orchester und dem O'Shaughnessy Auditorium, Hardy reichte ihnen die Schlüssel und sagte *Welcome* und winkte, während er rückwärts auf das Auto zuging und sie mit den Koffern auf der überdachten Veranda standen und die Tür aufschlossen.

Myrto hält ihr die Haustür auf, und sie betritt den großen Eingangsbereich. Auf der Treppe in den ersten Stock liegt ein brauner Hanfteppich mit blank geputzten Messingstangen auf jeder Stufe. Er folgt ihr ins Haus und bleibt stehen, der offene, helle Mantel, das wirre Haar wie von starkem Wind zerzaust, und er lächelt, lächelt sie an.

Und als sie ihn dort lächeln sieht, im Eingang des Hauses, in dem sie wohnen werden, schimmern in ihrer Erinnerung unzählige flüchtige Augenblicke auf, sie sieht ihn im Musikzimmer in Mailand, wo der Flügel stand und das E-Klavier mit den Kopfhörern, und daneben auf dem Tisch der große Mac, auf dem er seine Musik schrieb, und in diesen Augenblicken ist er so tief in sich selbst, oder in dem, was er gerade hört oder tut, steht da mit ausgestreckten Armen, zitternd, mit Kopfhörern und geschlossenen

Augen, oder er sitzt am Flügel, und dann sieht er so klein aus, als wäre der Flügel riesengroß und er selbst ein kleiner Junge, der kerzengerade auf dem Schemel sitzt und seine Nase spitz wie ein Vogelschnabel zu den Noten da oben emporstreckt.

So ist sie ihm am nächsten: wenn er nicht daran denkt, dass sie da ist, wenn er sich ganz um das Seine kümmert und nicht nur konzentriert, sondern völlig darin versunken ist, die Intensität, die in diesen Augenblicken in ihm ist, verschafft ihr einen Zugang zu ihm, eine Öffnung zu jenem Ort in seinem Inneren, der so voller Leben ist, und als er sie dort im Flur des grünen Hauses anlächelt, sieht sie in seinem Lächeln diesen Ort.

Auch drinnen ist alles so groß, ein Küchentisch, wie sie ihn aus Filmen kennt, mitten im Raum, *Die Brücken am Fluss*, Meryl Streep als Fünfzigerjahre-Hausfrau, Clint Eastwood hält mit dem Pick-up vor dem Haus, er ist Fotograf und kommt aus dem Norden, aus Bellingham, Minnesota, was nicht weit von dort entfernt ist, wo sie jetzt sind, und Francesca (Meryl) ist Italienerin, und Judith und Myrto sind direkt aus Mailand gekommen, als gäbe es da einen Zusammenhang, denkt Judith in der Küche, aber sie sagt es nicht, schaut bloß Myrto an, als wäre er Eastwood und sie Streep, und jetzt gibt es nur sie beide, dort, zusammen, in der Küche mit dem Spültisch unter dem breiten Erkerfenster. Jetzt sind wir in *Amerika*, denkt sie, als sie den extrabreiten Kühlschrank öffnet. Die Zweieinhalbliter-Plastikmilchkanne, die mit Waren aus dem Supermarkt gefüllten Papiertüten auf der Anrichte, die irgendjemand für sie gekauft hat. Das riesige, ebenfalls grüne Sofa vor dem Kamin, über der Armlehne eine Decke mit Streifen und Sternen.

Und dort drinnen, auf der Innenseite der Tür, hebt Myrto sie hoch, seine Arme sind nicht muskulös, aber stark ist er trotzdem, und er schleppt sie ein paar Schritte hinüber zur Treppe und sie lachen, sie prustet hinunter in sein weißes Haar, das oben so dünn ist, dass sie die braunen Flecken auf der rosa Haut sieht und ein Haar neben dem anderen, und die Haare sind Baumstämme in einem riesigen Wald, in dem sie herumläuft, *Myrto*, sagt sie und drückt seinen Kopf an sich, der Erdkugel und Himmel zugleich ist, jetzt hält sie die ganze Welt in ihren Händen.

Und dann ist er einfach gestorben? Das ist doch undenkbar. Man denkt doch nicht an den Tod, jedenfalls nicht so?, fragt sich Judith später, mittlerweile denkt sie die ganze Zeit an den Tod, sieht den Tod in ihrem eigenen Gesicht, Hallo Tod, sagt sie zu den Falten um den Mund, zur schlaffen Haut unterm Kinn, Hallo du, und der Tod ist kein Unbekannter mehr, der Tod ist ihre Handfläche, wenn sie über ein Stück Stoff streicht, der zu einem Kleid werden wird, das auf einem Körper hängen wird, der eines Tages sterben wird, auch der, ja, auch der Körper in diesem Kleid wird sterben, und das gibt allem eine merkwürdige Leichtigkeit, denkt Judith, dass es so ist: dass alles auch Tod ist.

II

Die Stadt liegt an den Ufern eines großen Flusses, ist aus zwei Städten zusammengewachsen, das grüne Haus liegt in der Dayton Avenue 297, im Stadtteil St. Paul. In der Nähe fließt der Mississippi, und es gibt ein paar Seen, und weiter außerhalb der Stadt liegt die Prärie, Indianerland, auf den Schildern im Zentrum stehen die Straßennamen auf Englisch und auf Ojibwe. Minneapolis. Der Name bedeutet *die beiden Städte am Fluss*, aber Judith fühlt sich an Heraklion und Neapolis erinnert, Städte aus vergangenen Zeiten, die seit Jahrhunderten unter Wasser liegen, dabei sind wir hier mitten im Inland, und weit und breit kein Meer.

Sie weiß, wie sich Verliebtheit anfühlt, wie ein Brausen. Aber das andere, jemanden lieb zu haben, zu lieben, von diesem Gefühl weiß sie nicht, wo im Körper sie es finden soll. Wie hätte sie also wissen können, was *er* damit meinte, wenn er sagte, dass er sie liebe? Würde es halten, würde es währen, würde er immer noch da sein, wenn es wieder Tag wurde?

Ich bin Judith, ich wohne im grünen Haus in der Dayton Avenue 297, ich komme aus Norwegen und habe in Italien geheiratet, und als wir nach Amerika gekommen sind, ist er gestorben. Sie erzählt es dem Spiegel im Eingang, hinter sich sieht sie das massive Treppengeländer, das glatte, abgelaufene Holz, der große Bogen ganz unten, wie eine riesige Muschel. Ich bin zweiundfünfzig. Ich bin Witwe, sagt sie und blickt sich selbst in die Augen. Keine Reaktion.

Alles ist gekommen, wie es kam, und alles hat hierhergeführt, ins Hier und Jetzt.

Jetzt ist das, *was nicht ist*, denkt sie. Ich bin Judith, ich wohne in dem grünen Haus, ich bin zweiundfünfzig und er kommt nicht zurück. Er kommt nicht mehr zur Tür herein, wenn es Nachmittag wird und er vor dem Konzert Pause hat, und manchmal lagen sie dann auf dem Sofa, jeder in seiner Ecke, sodass sie einander sehen oder einfach nur mit geschlossenen Augen daliegen konnten, und nichts sagen, nur spüren, die Fülle und den Frieden spüren, als würden sie gehalten von etwas Sanftem, als lägen sie in einem kleinen blauen Ruderboot, das sie beide in den Schlaf wiegte.

Sie wundert sich über ihre Erinnerung, die so harmonisch ist, so voller Ruhe und Sicherheit, denn sie weiß, so war es nicht, damals. Damals, die ganze Zeit: der Zweifel, ob er sie eigentlich haben wollte. War es denn wahr? Er könnte eine andere treffen, sich gegen sie entscheiden.

Einmal wurde Myrto wütend. Nie hätte sie sich vorstellen können, dass er solche Wut in sich trug. Aber so war es, trotz allem.

Es war an ihrem Geburtstag, dem ersten, seit sie sich kannten, sie waren gemeinsam im Haus seiner Familie am Meer aufgewacht, das gediegene Haus, das der Vater erstanden hatte, als Myrto bereits erwachsen war, und wo er, der Vater, gestorben war. Es sollte die einzige Nacht bleiben, die sie jemals in diesem Haus verbrachten, es war von einem bekannten Architekten entworfen worden, hoch oben in Hanglage mit weiter Aussicht über die Bucht und die

Inseln, dort waren sie aufgewacht, und es hätte schön sein können, es hätte wundervoll sein können, aber das war es nicht, denn Myrto hielt es in diesem Haus nicht aus und wollte nur weg, wieder zurück. Dort wachten sie auf, und dann spielte es keine Rolle, dass sie Geburtstag hatte, er hatte nichts vorbereitet, kein Törtchen vom Bäcker an der Ecke, ehe sie mit dem Bus zum Bahnhof fuhren, kein Geschenk, kein Kärtchen, nichts. Sie war enttäuscht. Den ganzen Tag lang sagte sie nichts darüber, erst als sie schließlich ankamen, als sie hineinkamen und sich die Schuhe auszogen und zu Hause waren.

Sie weiß nicht mehr, was sie sagte, nur, dass sie es seltsam fand, vielleicht, dass er ihren Geburtstag so völlig ignoriert hatte. Nur das. Er explodierte. Sein Gesicht legte sich in Falten, als wäre es aus Gummi, er krümmte sich zusammen und schrie sie an und warf etwas nach ihr, sie weiß nicht mehr, was. Er war völlig entstellt. Er war ein anderer und der andere war nicht mehr Myrto, es gab in Myrto einen anderen, ein wild rasendes Gummitier, und Judith kann sich nicht erinnern, Angst gehabt zu haben, aber nun denkt sie, dass es wohl so gewesen sein muss, sie weiß nur, dass sie sich an alles andere so deutlich erinnert, alles völlig klar vor sich sieht. Und dass sich durch dieses Ereignis etwas veränderte. Als hätte sie damals begriffen, dass er nicht unversehrt und stark war, wie sie geglaubt hatte, sondern dass es in ihm eine Schwäche gab, einen Punkt, wo er keinen Halt hatte, und nach diesem Tag, dem Geburtstag, wurde dieser Punkt zu etwas, das sie zu meiden versuchte.

Auch in ihren Gedanken mied sie ihn. Dachte nicht an seinen Zorn, sah darüber hinweg, ließ ihn am Rande liegen und legte ihren Fokus stattdessen auf das andere, das

Sanfte und Milde und Liebevolle, die Zärtlichkeit, den tiefen Ort in seinen Augen, der sie niemals wegschob.

Wo bist du? Sie steht im Flur. Die Eingangstür, dass er dort auf der anderen Seite auf der Veranda steht, direkt vor dem Haus.

Sie blickt in den Spiegel. Den großen Spiegel auf einem Konsolentisch mit geschwungenen Beinen. Es ist so still.

Er wird nicht mehr hier hereinkommen, nie mehr. Sie blickt in die Augen im Spiegel und sagt es noch einmal. Es sieht nicht so aus, als würde die Frau im Spiegel sie hören. Judith betrachtet sich selbst und denkt: Wie allein du aussiehst. Wäre es eine Bekannte, sie hätte sie an sich gedrückt und ihr übers Haar gestrichen. Aber bei der Frau im Spiegel gelingt ihr das nicht.

//

Seit Judith seine Asche unter dem Baum vergraben hat, bekommt sie ständig Besuch von Vögeln. Kann sein, dass sie auch schon vorher da waren und Judith sie bloß nicht bemerkt hat. Aber jetzt sieht sie die Vögel. Sie sitzt auf der überdachten Veranda wie an Deck eines riesigen Schiffs, ein Plaid über den Knien und ein zweites über den Schultern, auf einer Art Parkbank, von drinnen hat sie sich einen Stuhl mitgenommen, auf den sie die Füße strecken kann. Und jetzt, wo es Frühling ist, sitzt sie dort und betrachtet die Vögel.

Sie weiß nichts über Vögel, aber im Regal neben dem Kamin hat sie ein Heft gefunden, *Our Most Common Backyard Birds*, eine lokale Publikation, und so benutzt sie jetzt die englischen Namen, *robin*, und große Krähen gibt es, und manchmal kommt ein *cardinal* oder ein *blue jay*. *Chickadees* gibt es auch, und dazu die Spatzen, viele kleine Spatzen. Die erinnern sie am meisten an Myrto, mit ihren kleinen Körpern. Auch ein Eichhörnchen wohnt in der Nähe, das oft auf den Baum hinaufflitzt und dort oben umherfegt und alle Hände voll zu tun hat, womit, weiß sie nicht, aber das Eichhörnchen bringt sie mit seiner Wichtigkeit zum Lächeln, wie das wohl sein mag, denkt sie, wenn dich das, was du tust, einfach erfüllt und der ganze Körper an der Bewegung teilnimmt und es keinen einzigen Muskel oder Gedanken oder Zweifel gibt, der dich in eine andere Richtung zieht, der dich bremst und dich zum Stolpern und Anhalten bringt.

Sie stellt Dinge her, vielleicht keine Dinge im eigentlichen Sinn, sondern Kleidung, oder, vielleicht auch keine Kleidung, denn was ist Kleidung eigentlich, es gibt keine Kleidung, die nur Kleidung ist, alles ist ein Ausdruck von etwas, eine Wahl, oder etwa nicht, schreibe ich über Judith und denke an die Jungs im Waisenhaus in Rumänien, wo ich als Studentin einen Sommer lang als ehrenamtliche Helferin gearbeitet habe, kurz nach der Öffnung des Landes, die Jungen dort hatten keine eigenen Sachen, sie besaßen nichts, nichts gehörte nur dir, außer deinem Körper, vielleicht, wenn du Glück hattest und er nicht von Erwachsenen oder älteren Jungen benutzt wurde, und wenn du dich anziehen wolltest, musstest du versuchen, im großen Kleiderhaufen auf dem Boden in der Waschküche etwas zu finden, das dir annähernd passte, und es so schnell wie möglich anziehen, bevor jemand es dir wegnehmen konnte, und dann gehörte die Hose für ein paar Tage dir, bis sie wieder gewaschen werden musste und alles von vorn losging, die Suche im großen Haufen. Also ist es vielleicht, wie bei den allermeisten Dingen, nicht nur eine Wahl, sondern auch eine Frage des Geldes oder, wie bei den Waisenjungen, eine Frage der Armut. Judith ist nicht arm. Sie ist auch nicht reich, aber sie kommt aus Norwegen, erhält manchmal ein Arbeitsstipendium und hat zeitweise an großen Produktionen mitgearbeitet. Immer wieder hat sie an der Oper in der Kostümproduktion gearbeitet, und so hat sie auch Myrto getroffen, als er in Oslo dirigierte, und so machte sie weiter, als sie mit ihm nach Italien zog, sie mietete sich in einem Nähkollektiv ein, und dort saß sie abends an ihrer Maschine, das Licht der kleinen Lampe fiel auf den Stoff, der auf dem Tisch lag und wie Kielwasser im großen Dunkel dahinter verschwand, während die Nadel unablässig vorwärts glitt wie ein Trawler.

Und die ganze Zeit, in allem, darunter: die Angst, dass er eigentlich, eigentlich nicht will. Sie nicht will. Abends, wenn es dunkel ist, nach der Arbeit nach Hause kommen, die Tür aufschließen, ins Wohnzimmer treten, er, mit einem Buch in der Ecke des Sofas, die Kopfhörer, dreht den Kopf und blickt zu ihr auf, lächelt. Aber sie, immer: die Sekunden, bevor sie in seine Augen blickt: nicht wissen: ob er noch da ist. Die ganze Zeit damit rechnen, dass er weg ist, der sanfte Ort, dass es diesen Ort für sie nicht mehr gibt.

Als wäre dieser Ort das Einzige, was sie braucht.

Die Nähmaschine steht in einem Zimmer im ersten Stock, über dem Erkerfenster zur Vorderseite, bei ihrer Ankunft stand dort ein achteckiger Tisch, und an dem hat sie seither gesessen und genäht, mit einem Verlängerungskabel von der Wand zum Tisch. Jetzt, wenn sie an die Nähmaschine denkt, ans Nähen, sieht sie nur Myrto im offenen Sarg, als wäre er bereits in sich zusammengeschrumpft, im schwarzen Anzug mit rosa Krawatte, rosa mit gelben Kreisen, er trug nie Krawatten, aber sie wusste, auch er hätte das weiße Hemd allein zu trist und bieder gefunden, und dann der ganze Polyesterstoff um ihn herum, eine glänzende gold-beige Grube, er lag da wie in einem Kanu, der gleiche glatte Stoff, in dem ihr später die Asche gebracht wurde, eine Metallbox in einem Beutel aus ebendiesem Stoff, mit geflochtenen Kordeln und bestickt mit dem Logo der Stadt Minneapolis, es sollte aussehen wie Seide, aber es war keine.

Und jetzt sind es die Vögel, die glänzen, denkt Judith auf der Bank, etwa der Schwanz des Blauhähers, sie entdeckt einen auf halber Höhe des Baums auf einem Ast, sein

Körper ist gräulich-blau, aber der Schwanz will einfach nicht aufgeben, er wippt in einem völlig anderen Blau dem Licht entgegen, ein Blau mit Gelb darin, ins Grüne gehend, fast wie das Meer, als läge darin trotz allem noch die Hoffnung, dass es etwas anderes gibt, mehr.

In Mailand hat sie ihm einmal einen Kaftan genäht, ein gerades, bodenlanges Gewand aus einem groben hellen Stoff mit Farbfeldern auf der Vorderseite entlang der Mitte und auf der Rückseite Streifen aus anderen Stoffen, groben und glänzenden, und Stücken von lila Brokat. Sie half ihm, es überzustreifen, die Ärmel waren weit, und wenn er sie seitlich ausbreitete, sahen sie aus wie Flügel.

Dass alles so groß ist, dass es nirgends Bewegung gibt. Sie fühlt sich winzig in einem viel zu großen Haus, umgeben von Straßen und Bäumen und einigen riesigen Wolkenkratzern und dem großen, tosenden Fluss, und jenseits erstreckt sich in alle Richtungen die endlose Prärie. Der Gehweg über die Rasenstücke, der weite Abstand von der Straße zu den Hauswänden. Zwischen allen Dingen ist Luft.

//

Sitze im Lesesaal hoch oben in der neuen Stadtbibliothek in Oslo, wie ich vor über dreißig Jahren als Soziologiestudentin im Lesesaal der Universität Blinden gesessen habe. Ich weiß noch, wie empfindlich ich damals war, gegenüber anderen, gegenüber Geräuschen, ich benutzte Ohropax und saß immer ganz am äußeren Rand der Bankreihe, am Fenster oder an der Wand. Heute ist es anders. Ich sitze mittendrin, ein hoher Tisch mit Barhockern, an der Wand grüne Pflanzen, neben mir zwei Mädchen, sie teilen sich ein Paar Kopfhörer und hören Musik, die Kabel verschwinden unter den schwarzen Hijabs und die Köpfe sind dicht zusammengesteckt, ich höre sowohl Bass als auch Diskant. Ich, die ich immer so gern zu Hause gearbeitet habe. Jetzt tue ich alles, um nicht zu Hause sein zu müssen. Das Wohnzimmer ist zu still. Der Schnee zu still, der graue Himmel. Ich habe mein MacBook dabei, ein Notizheft und das Buch, das ich lese. Das Wichtige ist nicht, was ich zustande bringe, sondern einfach hier zu sein. Im gedämpften Licht zu sitzen, das auf die Pulte fällt und die anderen Körper zu sehen und nicht mehr allein zu sein.

Bin für eine Woche in Oslo, meine Verlegerin feiert ihren fünfzigsten Geburtstag, und beinahe jeden Abend, so oft ich kann, besuche ich Papa am oberen Ende des Kirkeveien, der gelbe Block, Treppen hoch und rein, und dort sind die Bilder, die er gemalt hat, hängen an der Wand oder stapeln sich auf dem Fußboden, Stillleben, Übungskopien von Klassikern und andere Bilder, die er nach Fotos gemalt hat, wir Kinder, als wir klein waren, meine Brüder, es gibt eines von mir mit meiner Puppe auf dem Schoß, Victoria. Papa wird im Sommer siebenundachtzig und hat Beschwerden mit der Speiseröhre, er hat seine guten Tage, aber dann kommen die schlechten und dann kann er nicht atmen und hustet Schleim, den er in eine Serviette spuckt, manchmal bekommt er keine Luft und es pfeift und er hustet so stark, dass man meint, es geht zu Ende mit ihm, aber so ist es jetzt schon seit Jahren, und er möchte, dass wir nicht viel Aufhebens darum machen, also setze ich mich auf das Sofa vor den Fernseher und tue so, als würde ich es nicht merken. Der Fernseher läuft bei voller Lautstärke, obwohl Papa nicht schlecht hört, ich interpretiere es als eine Form der Respekterweisung, wir schauen die Nachrichten über die Ukraine und die russische Invasion, zuerst im norwegischen Fernsehen, dann im schwedischen und auf BBC, wir sehen die Bilder von zerbombten Mietshäusern und von Menschen mit Koffern, auf denen Bettdecken befestigt sind, vor den verkohlten Fensterlöchern, und der ukrainische Präsident im grünen T-Shirt sitzt auf einem goldenen Stuhl und hält eine Rede, Ich denke an die Flugzeuge, sagt Papa und erinnert sich an die Zeit, als er ein kleiner Junge in Ørsta war und die deutschen Kriegsbomber tief über die hohen Sunnmørsalpen flogen, und er hustet und es pfeift, Der Schall wurde vom Gebirge verschluckt, aber dann kamen sie hinter dem Berg hervor, und es geschah jedes Mal so plötzlich, sagt Papa, auf einmal waren sie da.

Draußen ist es dunkel. Der Fjord dunkel, der finstere Klumpen von Hovedøya.

Die Mädchen mit den Hijabs haben Telefon und Kopfhörer weggelegt, die Musik spielt immer noch, vor ihnen liegen ein paar große Schulhefte, dazu Bleistifte und Marker in Rosa, Gelb und Grün, sie markieren und markieren, am Ende ist fast keine Bleistiftschrift mehr übrig, als wollten sie das Ganze überhöhen, denke ich, es zu mehr machen, die Seiten so schön machen wie möglich, ganz gleich, was auf ihnen geschrieben steht.

Ich blicke auf den Bildschirm. Als gäbe es darin eine Öffnung, eine Stelle, wo ich hineinkriechen und mich hinsetzen könnte, mich gegen die Wand lehnen und einfach nur sehen, und das, was ich da drinnen sehen würde, wäre der Roman, alles, was er sein will, sein wird. Aber es gibt keine Öffnung, nirgends ein Loch.

Selby Avenue, Summit Avenue, Laurel Avenue und Ashland. Das sind die Straßen rund um die Dayton.

Es kommt mir vor wie eine endlose Masse, auf die ich da losgehe, die große Prärie, die Kriege und Silberpfeil und Mondkind und der Federschmuck, den wir einmal hatten, meine Brüder und ich, als wir an der Brücke in Tana im Heidekraut zwischen den Zwergbirken spielten. Ich denke daran, wenn ich über Judith schreibe, die auf der Brücke über den großen tosenden Fluss in Minneapolis steht. Es ist, als hätte ich eine andere Ebene meiner eigenen Kindheit erreicht. Judith bewegt sich in einer Welt, die die gleiche Form hat, nur dass alles viel größer ist.

Aus meiner Kindheit und Teenagerzeit erinnere ich mich an ein Gefühl der Erwartung. Sobald ich weg war von zu Hause und allein sein konnte, hatte ich dieses Gefühl, das *ich* war, das Gefühl, dass so vieles vor mir lag. So vieles, von dem ich nicht wusste, dass es passieren würde.

Und jetzt, Judith, die in der Luft hängt. Überall ist es endlos flach. Auf der Brücke, wenn sie hinabblickt auf das Wasser im Fluss unter ihr, zieht die Bewegung sie nicht mit, wie sie mich mitgezogen hat, als ich neun oder zwölf oder sechzehn war und mich anderswo hinwünschte. Es gibt einen Punkt darunter, und das ist der eigentliche Punkt, an dem sich Judith befindet. Im Wasser, unter allem, liegt sie auf dem Rücken. Sie sieht sich dort liegen, mit geöffneten Augen, aber sie weiß nicht, was sie sieht.

Judith hat Myrto verloren, aber wie lange wird sie noch dort stehen und ins Wasser starren? Ich will, dass sie sich losreißt und weitergeht, aber diese Entscheidung liegt nicht bei mir.

Die Mädchen sind weg. Ich habe nicht gemerkt, dass sie gegangen sind. Ich stelle mir vor, dass ich sie kenne. Dass ich meine Sachen gepackt habe und mit ihnen gegangen bin. Dass wir zusammen die Rolltreppe hinunterfahren, dastehen und in den großen Raum hinuntergleiten, zusammen sind wir Soldaten von einem fremden Planeten, die auf der Erde landen, die leuchtenden Felder sind in ihren Heften und Mappen eingeschlossen, in der schwarzen Schultertasche, mit uns landet eine ganze Welt, von der niemand weiß.

Vor einigen Jahren war ich mit meiner Verlegerin, die mit dem fünfzigsten Geburtstag, in Minneapolis. Schon damals wusste ich, dass ich über diese Stadt, aus ihr heraus, schreiben würde. L war krank, aber bis zu seinem Tod war es noch über ein Jahr. Was in meinem schreibenden Ich weiß, dass dieser Ort für mich Roman ist? Was an diesem konkreten äußeren Ort verbindet sich mit dem inneren

Ort des Schreibens? So viele Orte, fast alle, passieren wir, ohne von ihnen zu schreiben. Und dann, plötzlich, öffnet sich etwas, entblößt sich gleichsam, gegenüber dem schreibenden Wesen in mir, wie ein Eingang, den nur genau dieser Ort bietet. Und wenn ich nicht durch diesen Eingang gehe, bekomme ich keinen Roman.

Es ist, wie sich zu verlieben. Wie viele Menschen begegnen uns doch. Und dann plötzlich finden wir etwas an einer Person, das völlig offen ist, das einfach *ist*. Nur bei dieser einen Person. Und folgen wir dem nicht, bekommen wir nicht, was da leuchtet und lockt, ich weiß nicht, ob man es ein Versprechen nennen kann, aber es ist jedenfalls eine große Hoffnung. Und genau so war es bei M.

//

Normalerweise fällt mir das Schreiben nicht schwer. Ich schreibe einfach drauflos. Sage, was ich sehe. Aber bei M ist es undeutlich, verschiebt sich. Ich weiß nicht, was ich sehe, und ich erinnere mich auch nicht daran.

Das ist das Schwierigste an diesem Roman. Es ist, als würde sein Herz unablässig Blut pumpen, ganz gleich, was passiert. Es steht niemals still. Mein Herz, steh still, damit ich dich sehen kann, damit ich dich an der Hand nehmen, dich an mich drücken kann, dich nie wieder verliere. Aber das Herz will nicht. Das Herz klopft weiter. Das Herz will leben. Es pfeift auf mich.

Der Vogel fliegt direkt in uns rein. Die heiße Dunkelheit und der Lichtkegel auf der kurvigen Straße aus Sand und Stein zwischen den dunklen Lavarändern, ich sitze hinter M auf dem Moped, und plötzlich, der große Vogel, der uns mitten ins Gesicht flattert, das Moped schwankt und der Vogel liegt da wie tot. M hält an und geht zurück, hebt den Vogel mit beiden Händen hoch und blickt mich an, dann legt er ihn in die Gepäckbox des Mopeds. Bei der Hütte angekommen, wissen wir nicht, was wir tun sollen. M nimmt den Vogel, das scharfe Licht der Außenbeleuchtung, alles, was wir hören, ist das Meer, wir sind fast in Afrika. Der Vogel ist hell und braun gesprenkelt, der Schnabel zu einem Haken gebogen, und als M ihn aus der Box hebt, erwacht der Vogel zum Leben, schnappt nach M und schlägt mit den Flügeln. Lass ihn los, rufe ich, aber M hält ihn fest, er lacht laut, Lass los, rufe ich, aber der Vogel will auch nicht wegfliegen. M legt ihn zurück in die Box, wo die Ratten ihn nicht holen können, oder der Fuchs, oder was auch immer. Am nächsten Tag, als es Morgen wird, ist er fort.

Ich weiß nicht, ob M kommen wird. Zur Insel, wo ich an der Spitze einer Landzunge eine alte Fischerhütte gemietet habe, drei Wochen im August, eine kleine Vulkaninsel südlich von Lampedusa. Die Hütte ist ein einziger länglicher Raum, ganz innen, hinter einem Vorhang, steht das Bett. Ich weiß nie, ob M kommt, oder wie es sein wird, wenn er endlich da ist. So ist es auch in Mailand. Ich weiß es einfach nicht. Aber wenn er dann kommt und da ist, fühle ich mich so lebendig. Jeder Augenblick, selbst wenn er wehtut, selbst wenn er schrecklich ist, hat eine solche Intensität. Etwas wird aufgesprengt, alles andere an den Rand gedrängt, M anzusehen, bedeutet für mich, direkt ins Leben zu blicken.

//

Irgendwie ist eine überschüssige Energie in ihm, wenn er mit dem Fuß auftritt, ist der Körper bereits wieder auf dem Weg nach oben, bereit für mehr, er ist stark und zugleich schmächtig, ich kann sein Handgelenk umfassen. Er trägt eine Brille mit Metallfassung, mit der er aussieht wie ein Student, die Arbeitshose ist dünn und weich, die Hände sind rau und die Fingernägel sehen aus, als würde er mit starken Chemikalien arbeiten, doch in Wahrheit kommt es vom Nägelbeißen, auch wenn er nie Nägel beißt, wenn er mit mir zusammen ist. Er kommt, um mir mit dem Spülkasten im Bad zu helfen, das Wasser rinnt und rinnt ins Klo wie ein Wasserfall und der Verschluss funktioniert nicht, meine Freundin Camilla, die bei mir im Haus wohnt, hat mir seine Nummer gegeben.

Seit Ls Tod ist ein Jahr vergangen. Ich bin alles andere als bereit; draußen auf der Straße blicke ich zu Boden. Nach ein paar Tagen schickt mir M eine Nachricht, schreibt irgendwas über die Wohnung, das Licht. Smiley mit Herzküsschen. Das überrascht mich, was will er, er ist so jung. Er will wohl einfach nett sein. Ich bin in der Zwischenzeit nach Norwegen geflogen. Irgendwann schicke ich ihm ein Bild von meiner Küche in Oslo.

Als ich zurückkomme, holt er mich vom Flughafen ab. Ich mit Koffer und Tasche auf dem Weg hinaus, er auf dem Weg herein, Arbeitskleidung, T-Shirt, das warme Abenddunkel. Wir sagen nichts, lächeln nicht, die braunen, ernsten Augen. Ich lasse die Tasche los und wir umarmen uns.

Er ist völlig offen, er bebt, er lässt mich alles halten, was er ist. So hält er auch mich.

Auf dem Weg in die Stadt fährt er mit mir zu einer Anhöhe, einer Art Park, fast ein kleines Wäldchen, Nebel steigt auf, ein nächtlicher Nebel, der sich um die Bäume legt, während wir den Hügel hinaufgehen. Außer uns ist niemand da. Oben, an eine Steinmauer gelehnt, rauchen wir einen Joint, zwischen uns ist solche Zärtlichkeit, wir berühren einander mit Blicken, streicheln einander so vorsichtig, wie wir nur können.

Am Wochenende darauf nimmt er mich mit nach Bergamo, der weiße Lieferwagen mit dem Werkzeug im Lagerraum und jeder Menge Zetteln auf dem Armaturenbrett, er parkt im Schatten ganz unten in einer Seitenstraße. Findest du wieder zurück, frage ich, als wir losgehen. Er dreht sich um und läuft rückwärts weiter, während er lächelt. Denke schon, sagt er.

Er im grauen T-Shirt und ich in einem ärmellosen dünnen Seidenkleid, er wirkt so jungenhaft, die starken Arme, die Augen so liebevoll, die Nase leicht nach oben, als würde er mit seinem ganzen Wesen lauschen, er ist so geschmeidig und verletzlich wie ein gerade erwachtes Tier.

Wir steigen die Treppen hoch, hin und wieder bleiben wir an der Mauer stehen und genießen die Aussicht. Oben angekommen, schlendern wir zwischen Leuten und Gebäuden umher, sein aufrechter Rücken, der glatte Hinterkopf, der Geruch des Waschmittels, wenn ich mich an ihn schmiege, bei jedem Schritt strammt sich seine Hose über den Oberschenkeln. Einmal flüstert er mir zu, dass die Männer mir nachschauen, es scheint ihm zu gefallen und irgendwie freue ich mich. Im Café über der Seilbahnstation findet er einen Fenstertisch und bestellt Kaffee, wir blicken in die Weite der flachen Landschaft, während unter uns die Gondeln auf und ab fahren. Ich erinnere mich nicht, ob er meine Hand nimmt, aber in mir fühlt es sich an, als hielte er sie die ganze Zeit, schon damals.

An diesem Abend streicht er mir sanft über die Schulter, wir stehen bei mir zu Hause im Wohnzimmer, mit seinen braunen Augen blickt er auf meine Schulter und dann hoch zu mir und dann wieder auf meine Schulter, er küsst meinen leicht hervorstehenden Schulterknochen, schiebt den Träger meines Kleids darüber, lässt ihn an meinem Arm hinabgleiten und küsst den Arm, er beugt sich vor und küsst mich unter dem Ohr, dann hebt er mich hoch und trägt mich hinein und legt mich sanft auf das Bett, setzt sich auf die Kante und sieht mich an, lässt seine Finger leicht mein Kleid hinuntergleiten, betrachtet die streichelnde Hand, blickt zu mir auf, streicht vom Knie aufwärts über meinen Oberschenkel und dann auf der anderen Seite, und die ganze Zeit sieht er mich an, Du, sagt er leise, du, und schiebt mein Knie nach außen zur Seite, Wie schön du bist, sagt er, sagt meinen Namen, sagt meinen Namen mehrmals, er flüstert meinen Namen, und seine Hände sagen ihn, und seine Augen sagen, sehen, sehen meinen Namen, den Menschen, der ich bin.

Wenn er mich abholen kommt, dann immer nur um die Ecke oder weiter oben an der Straße. Damit niemand, der aus dem Haus kommt, uns zusammen sieht. Er kennt fast jeden im Haus, es geht ihm um seine Mutter, die nicht davon erfahren darf, obwohl nicht seine Eltern hier wohnen, sondern seine Tante. Er ist siebzehn Jahre jünger als ich. Als er geboren wurde, waren wir gerade aus der Finnmark nach Oslo gezogen, und der Hund, der zurückgeblieben war, und die Landschaft, der Fluss und die Ebene, waren bereits zu etwas in mir geworden, von dem niemand sonst wusste.

Ich sehe M an, sein Blick ist auf die Straße gerichtet, er kurbelt das Lenkrad die Kurven hinauf, sagt nichts, das Radio, Musik, sein Gesicht wiegt so schwer in mir, als wäre er eine Steinskulptur in meinem Bauch. Es ist mitten im Sommer, wir sind am Meer, wo seine Eltern eine kleine Wohnung besitzen, aber er möchte lieber hinauf in den Wald, und als er auf die schmale Straße einbiegt, an der die schwarz gebeizten Sommerhäuser in einer Reihe stehen, und er immer langsamer wird, ehe er vor dem letzten fast anhält und sagt, Hier, das war unser Haus, bevor sie es verkauft und die Wohnung am Strand gekauft haben, denke ich, er möchte mir etwas zeigen, er möchte mich mitnehmen in seine Kindheit. Also hast du hier oben auf den Hügeln gespielt, frage ich, denn auf der anderen Seite liegt ein gelbes Feld, und ich schaue hinüber, als könnte ich dort einen kleinen M über die Wiese laufen sehen, und er lächelt sanft, als sähen wir ihn beide, er sagt Ja.

Bei einem halb vermorschten Picknicktisch neben einem rostigen rechteckigen Grill hält er an, wir stellen die Tüten auf den Tisch, Fleisch und Gemüse, Paprika und Zucchini, M öffnet ein Bier und schüttet Kohle auf den Grill, macht ein Feuer. Der Hund rennt hinunter zum Wasser und wieder zu uns, die Straße entlang, in den Wald und wieder zurück, ein Hütehund. Hier haben sie immer gebadet, als sie das Haus hatten. Er hat alles dabei, Schneidebrett, Öl und Salz, er breitet die Fleischpackungen aus, entkernt die Paprika und teilt sie in große Stücke, es ist so still im Schatten der Bäume an der staubigen Schotterstraße, der Fluss führt kaum noch Wasser, M hat einen Zugang zur Natur, der sich so vertraut anfühlt, wie zu Hause.

Nach dem Essen baden wir im Fluss. Mir wird schnell kalt und ich gehe hinaus, aber M und der Hund bleiben lange im Wasser, es ist, als würde er wieder zum Kind, vergisst alles andere und will nur schauen und erkunden, taucht kleinen Fischen hinterher und verschwindet in einem Gumpen, legt sich quer und lässt das Wasser über den jungen Körper gleiten. Danach schläft er in der Sonne auf der blauen Decke ein. Ich weiß nicht, wo in dieser Erinnerung ich selbst bin, ich sehe ihn aus der Distanz, vermutlich war ich oben am Waldrand an der Straße im Schatten, habe dagesessen und gewartet und ihn angeschaut, ihn dort auf der Decke liegen und schlafen gesehen, er in nassen Badeshorts im weißen Sand, so nah, und zugleich so verschlossen, in sich gekehrt, so weit weg.

Papa im Toten Meer, nach Abschluss seiner Ausbildung zum Diakon leistete er in Gaza Militärdienst, er treibt auf dem Wasser, liegt da mit seinem schmalen Jungenkörper und lächelt verschämt, und seine Haare sind noch ganz dunkel, als ich klein war, wurden seine Schläfen schon langsam grau, und jetzt ist nur noch eine dünne Schicht Weiß übrig. Und die Bilder im Pflegerkittel, das verstohlene Lächeln, aber auch ein paar, auf denen er lacht, Kopf zurück, ein Bild vor einer Pyramide auf einem Ausflug nach Ägypten. Die Schuhschachtel mit den Fotos, ich schloss mich in meinem Zimmer in Tana ein und setzte mich auf den Boden und nahm den Deckel ab und dann die Bilder heraus, eines nach dem anderen, betrachtete sie und legte sie auf den Boden, und es war für mich so bedeutend, dort zu sitzen und all diese Dinge zu sehen und zu wissen, dass dieser wahnsinnig schöne und nachdenkliche Mann, den ich auf den Bildern sah, mein Papa war.

Eines Abends kommen wir an der ersten Wohnung vorbei, in der ich mit L gewohnt habe, Dort, sage ich, hinter diesen Fenstern. M sagt, genau hier sei er ins Gymnasium gegangen, hinter denselben Fenstern. Im selben Raum, wo ich mit L auf dem Sofa gesessen und italienische Vokabeln gelernt habe, hat M früher einmal hinter einem Pult gesessen und war in ein Mädchen aus seiner Klasse verliebt. Ein anderes Mal bleibt M vor einem Haus in der Nähe meiner Wohnung stehen, Siehst du den Balkon dort im ersten Stock, fragt er, wir legen die Köpfe in den Nacken, ein schmaler Balkon erstreckt sich über drei Fenster, Dort haben wir gewohnt, als ich klein war, sagt er, seine ganze Kindheit hindurch habe er dort gewohnt, und als wir um die Ecke kommen, sehe ich schräg gegenüber von Ms Haustor das Gebäude, in dem L sein Atelier hatte. Die Fenster sind dunkel, wir stehen im Licht der Straßenlaternen unter den großen Bäumen, ich schaue durch das Eisentor in den Innenhof, wo der kleine M mit seinem Dreirad herumgefahren sein muss, später auf seinem Moped, sehe ihn abends im Dunkeln nach Hause kommen, schiebe den Gedanken an andere Mädchen weg, denke nur an M, dass er allein zum Tor kommt, aufschließt, und dann wieder zu ihnen hinaufgeht. Und jetzt, seine Tante, er ist immer noch häufig bei ihr, entweder allein oder mit seinen Eltern, sie und ich wohnen im selben Haus.

Als wäre unsere Begegnung vorherbestimmt gewesen. Als hätte etwas unsere Körper zusammengeflochten, indem es unsere Orte miteinander verband, lange bevor wir etwas ahnten. Wir haben eine Bestimmung miteinander. Etwas hat uns darauf vorbereitet, uns bereit gemacht, etwas hat darauf bestanden, durch alle Zeiten hinweg, dass wir früher oder später zusammenkommen.

//

Um zwei Uhr fange ich an zu warten. Eigentlich wollten wir zusammen herkommen, aber dann ist M in Schwierigkeiten geraten und wir haben abgemacht, dass ich allein vorfliege. Mit dem Rucksack gehe ich in einen Park mit hohen Palmen. Ich sitze auf verschiedenen Bänken im Schatten, lese ein Buch, weiß nicht mehr, welches, schaue aufs Telefon, lege es die ganze Zeit über nicht aus der Hand. Ich bin hierhergeflogen, er wird mit dem Auto nachkommen. Es ging um seine Mutter, sie geht gern auf einen Markt in der Nähe, und dort hatte M sie gesehen, als er gerade mit seinem Lieferwagen vorbeifuhr, es war früh am Morgen, und er parkte in zweiter Reihe und sprang aus dem Auto, wollte sie überraschen, aber während er sich von hinten näherte, sah er plötzlich zwei Männer auf sie zukommen, all die Menschen, der eine hatte bereits die Hand auf ihrer Tasche, als M vor ihm stand, der erste Schlag auf den Unterkiefer, dann der zweite, beide Männer verloren mehrere Zähne und erstatteten Anzeige, und an dem Tag, an dem wir loswollten, musste M vor Gericht erscheinen. Um sechs Uhr wird das Licht weicher, um sieben ist es dunkel, um acht schließt der Park. Ich bleibe für ein Weilchen auf einer Mauer sitzen. Dann schickt er mir den Namen des Hotels. Ich gehe los, folge den Punkten auf Google Maps, auf einer stark befahrenen Straße am Hafen entlang, die Autolichter im Dunkeln, grelles Gelb und Rot und Blau.

Dann ist er da, plötzlich im Auto direkt neben mir, sein Gesicht im Dunkeln hinter der Scheibe, und da dreht sich die Welt auf einmal wieder, wie ein Karussell.

Er hat ein Zimmer mit Aussicht auf den großen Platz und das alte Theater mit der vergilbten Fassade gebucht, wir werden eine Woche gemeinsam Urlaub machen, alles ist neu. Am ersten Morgen fahren wir an einen Strand am Stadtrand, alles ist überfüllt, wir finden keinen Parkplatz, versuchen es auf den umliegenden Straßen, finden schließlich eine Parklücke, und M ist überzeugt, dass wir einen Strafzettel bekommen werden, Hallo, ich schlage vor, weiterzusuchen, wir können doch wohl ein wenig zu Fuß laufen, aber M fährt einfach rechts ran und parkt ein. Die Sonne und der Staub auf dem Weg zurück zum Meer, wir mieten uns einen Sonnenschirm an einem Strand, der für Polizeileute und deren Familien reserviert ist, wir lachen. Nicht mal rauchen darf man hier. Wir liegen im Schatten auf den Sonnenliegen, M schwimmt lange, ich trinke ein Bier. Seine Augen, ich weiß nicht, was ich in ihnen sehe, bin mir der Wärme nicht so recht sicher, die manchmal so stark ist, aber dann wieder ist alles hart und verschlossen, was bedeutet diese Wärme, kann ich ihr trauen, kann sie halten, was sie verspricht, fließt sie da drinnen, dahinter, auch wenn sie nicht sichtbar ist.

Am nächsten Tag fahren wir landeinwärts, M möchte einen Freund besuchen, der bei der Feuerwehr ist, er kauft eine riesige Schachtel Sahnegebäck und trägt sie mit beiden Händen, als wir auf den Eingang des Pausenraums oder Dienstraums oder was es nun sein mag, zugehen, und die Feuerwehrmänner stehen von ihren Stühlen und vom Sofa auf und kommen zur Anrichte, wo die Süßigkeiten ausgepackt werden, und überall sind Stimmen und Körper, die Kaffeemaschine.

Danach gehen wir hinaus, der Freund ist etwas älter, sie sind Mitglieder einer Motorradgruppe, die zum Großteil aus Feuerwehrleuten, Soldaten und Polizisten besteht, sie sind mehrmals gemeinsam in der Wüste gewesen, in Tunesien. Sie rauchen und reden über gemeinsame Bekannte und irgendwelche Dinge, die mir nicht viel sagen, ich lege mich im Schatten auf eine Bank und mache die Augen zu und beschließe, mich in der Zwischenzeit einfach mal ein wenig auszuruhen.

Außerhalb wohnt ein anderer Motorradkumpel, wir fahren durch ein Gebiet voller weißer Industriehallen, wir zählen die Hausnummern und halten vor einem flachen, ebenerdigen Haus hinter einem riesigen Zaun, daneben steht noch eine Halle. M klingelt, wir warten, er klingelt noch einmal, da öffnet uns jemand von drinnen, und wir sitzen im Auto, während sich das riesige Gittertor unter Quietschen und Rucken langsam öffnet.

Der Freund ist weit über siebzig, seine Frau sieht jünger aus, sie haben Familienbesuch, man sitzt rund um einen Swimmingpool, der hinter dem Haus sichtbar wird, Töchter und Männer und Enkelkinder, ein weiß gekleidetes Neugeborenes lehnt an einer Schulter. Wir bekommen Wasser zu trinken, ich hätte eigentlich gern ein Bier oder etwas Wein, M setzt sich zu seinem Freund, was ist mit mir, die Frau sieht nett aus, nur etwas traurig, und alle gehen ein und aus, ich sage, ich müsse telefonieren, und gehe mit Telefon und Kopfhörern auf den Platz, wo unser Auto steht, am anderen Ende ist eine hohe Hecke, und im schmalen Schatten dieser Hecke halte ich mir einen Kopfhörer ans Ohr und gehe, so lange ich kann, langsam auf und ab.

Die ganze Zeit über sehne ich mich nach dem Sanften, das ich in seinen Augen habe leuchten sehen. Dem Nackten in ihm. Mit ihm dort zu sein. Dort gibt es nichts, was zweifelt.

Der Freund ist eine Art Großhändler, er hat uns in einem Hotel gleich in der Nähe ein Zimmer gebucht, wir fahren hin und duschen, und dann sind wir wieder mit ihnen verabredet, um irgendwo anders hinzufahren, eine kleine Stadt am Meer, wo der Freund uns in ein Restaurant einladen möchte. Die Frau trägt ein bodenlanges Kleid, Goldschmuck, ist frisch geschminkt, und auch eines der Enkelkinder kommt mit, eine Fünfjährige, die zwischen M und mir auf der Rückbank sitzt, sie hält ein Spielbrett mit Knöpfen darauf, auf die sie drücken kann, sodass es piept und knallt und blinkt, blau und grün und gelb, und das ist das Einzige, was mir von dieser Autofahrt in Erinnerung geblieben ist: dass wir einander zum Klang dieser Geräusche über den Kopf des Mädchens hinweg ansehen, während die Farben wechseln und wechseln.

Mehrere große Platten mit Meeresfrüchten werden aufgetischt, das Essen landet stets vor Ms Freund, und er bedient sich und verschlingt alles in rasender Geschwindigkeit, während wir anderen danebensitzen und zusehen. Nein, so ist es auch wieder nicht. Das Mädchen sitzt mit ihrem Brettchen am Tischende und einmal piept es so laut, dass der Freund sie anschreit, und danach sind alle still, er dreht sich um und fängt mit jemandem an einem anderen Tisch ein Gespräch an.

Auf dem Platz vor dem Hotel ist ein leerer Springbrunnen, alle Fenster sind dunkel, es ist spät, als wir zurückkommen, der Rezeptionist hat uns gezeigt, wie wir die Tür öffnen können, falls der Empfang nicht mehr besetzt ist. Wir gehen zum Springbrunnen und M dreht einen Joint, macht ein paar Züge und reicht ihn mir, auch ich rauche ein wenig, und dann gehen wir auf den Eingang zu, am nächsten Tag wollen wir weiterreisen, nur wir allein. In der Lobby wird mir schwindlig, das muss der Rauch sein, ich sinke in den nächsten Stuhl, sehe Gebäude schräg auf mich zu fallen, Menschen, Gesichter, die sich in meinem auflösen, als ich wieder zu mir komme, habe ich das Gefühl, ich wäre mehrere Stunden lang weg gewesen. Nicht mal eine Minute, sagt M, er stützt mich auf dem Weg ins Zimmer.

Am nächsten Morgen finden wir ein Straßencafé mit weißen Tischen unter einem weißen Sonnenschirm. Wir kennen uns nun seit drei Monaten, immer noch wohnt seine Ex-Freundin bei ihm, er sagt, es sei Schluss und sie werde ausziehen, aber trotzdem ist sie immer noch da, er schlafe unten auf dem Sofa, denn wenn er hinaufgehe, dann ende es immer damit, dass sie Sex haben.

Ich frage, Was willst du von mir, was soll aus uns werden, wenn dieser Urlaub vorbei ist? M fängt an zu weinen. Er wisse es nicht. Für mich bedeutet das Nein, dass er eigentlich überhaupt nichts von mir will. Dass er mich nicht liebt, nicht genug liebt, um diese Beziehung zu rechtfertigen. Ich sage es ihm. Er hat seinen Kaffee getrunken, will nichts essen, er spielt mit seiner Serviette herum, faltet und wickelt und dreht sie ein, und während er das tut, fallen Tropfen auf den Tisch.

Ich stehe auf und stelle mich etwas abseits auf den Bürgersteig, checke auf dem Telefon den Fahrplan, komme zurück und sage, ich fahre mit dem nächsten Zug. M steht auf, wir gehen zum Auto. Auf der Fahrt zum Bahnhof halten wir an einer anderen Konditorei, Goldborten und Kellner in Uniform, der Freund hat geschrieben, er frühstücke dort mit seiner Frau, Reste von Hefegebäck und Sahne, wir trinken schnell einen Kaffee und bedanken uns für den Abend und das Zimmer. Ich google den Weg zum Bahnhof, er liegt gleich um die Ecke. M biegt von der Straße ab und fährt hinunter zu einem weißen Gebäude, dahinter ist der Bahnsteig, geschlossen, aber an der Wand hängt eine Anzeigetafel, aus der hervorgeht, dass die Züge hier halten. M möchte mit mir warten. Im Schatten des weißen Gebäudes weinen wir beide, ich nur ein wenig, aber M die ganze Zeit, er schluchzt, als würde er die Tränen aus seinem Bauch herauswringen und nach oben pressen. Ich finde das seltsam, wie kann er so viel weinen, wenn es doch er ist, der nicht will, und nicht ich.

Dann kommt der Zug, ein staubiger Regionalzug mit nur einem Wagen, wir umarmen uns und sein Körper hämmert gegen meinen, pocht und bebt, ich steige ein und M bleibt draußen stehen, seine Augen sind rot, sein ganzes Gesicht ist nass, und als die Türen zugehen, reicht er mir etwas, ehe er einen Satz rückwärts macht und um das Gebäude herum zum Auto rennt. Der Zug fährt los. Ich schaue hinunter, es ist die Serviette, mit der er im Café herumgespielt hat, er muss sie in der Hosentasche gehabt haben. Es ist keine Serviette mehr, er hat sie gefaltet und eingedreht und eine Blüte mit Stiel und Blatt gemacht, ich halte eine Rose in der Hand.

//

Ganz hinten am Fenster stand das Bett, mein Zimmer, das lange schmale Mädchenzimmer hinter der Küche. Jeden Abend habe ich mich dort schlafen gelegt, von meinem sechzehnten bis zu meinem achtzehnten Lebensjahr, das war unser Zuhause, als wir nach Oslo zurückgezogen waren, die ganze Familie, Papa und meine Brüder, alle zusammen. Es war Mamas Langzeitplan gewesen, zu warten, auszuharren, Jahr für Jahr, bis wir in die Oberstufe kamen, damit sie es als Brechstange benutzen konnte, andernfalls hätten wir in ein Wohnheim in Vadsø ziehen müssen. Warum hatte sie uns nicht einfach mitnehmen und gehen können? Sie war Sozialchefin in Nesseby, hatte im Ausschuss für das neue Sozialdienstgesetz gesessen, warum konnte sie dieses Gesetz nicht auf sich selbst anwenden?

Wir kamen an drei verschiedene Schulen. Mein kleiner Bruder hatte noch ein paar Jahre an der Grundschule vor sich. Majorstua. Die Schlafzimmer lagen nebeneinander, das Zimmer meines kleinen Bruders war durch eine Platte von dem meiner Eltern abgetrennt. Nur mein Zimmer lag da draußen hinter der Küche, als hinge es an einem Ast oder Zweig.

Ich habe Schmerzen im linken Knie, während ich dies schreibe. Ich habe Schmerzen im linken Knie, weil ich mir damals, als ich siebzehn war und wir dort wohnten, einen Meniskusriss zuzog. Erst jetzt, während des Schreibens, sehe ich, wie die Dinge zusammenhängen. Die Waschmaschine stand vor meinem Zimmer, in der Küche.

An manchen Abenden war die Waschmaschine an. Da brauchte ich nicht zu lauschen, denn da konnte ich ohnehin nichts hören. Da konnte ich nicht aufpassen. An diesen Abenden konnte ich zu Bett gehen und schlafen.

//

Nach ein paar Wochen schickt er mir eine Nachricht, fragt, wie es mir geht. Ob wir uns sehen können. Klar können wir. Im Dunkeln auf der anderen Seite des Kanalbeckens, er kommt auf mich zu, drückt meine Hand, entlang der Mauer verläuft ein Grünstreifen, er hat den Hund dabei. Wir setzen uns, die Beine baumeln über dem Wasser, reden leise, aber die meiste Zeit sind wir still. Schauen.

Und dann wieder Tage, an denen ich fast nichts von ihm höre. Und auf einmal ist er wieder da, ich erwarte ihn oben mit dem Proseccoglas in der Hand, er tanzt mir von der Fahrstuhltür entgegen, zur offenen Tür herein.

Ich lade ihn nach Oslo ein, habe fürs Erste eine Konzerttour geplant, aber was, wenn er zum letzten Konzert käme und dann für ein paar Tage bliebe? Ich glaube nicht recht daran, dass er kommt, aber als wir schließlich anfangen, sitzt er im Publikum, an einem Tisch am Fenster. Er ist den ganzen Weg vom Flughafen hierhergekommen, mit Zug und Fähre, und dann der Fußweg im Dunkeln auf dem Schotterweg bis zum Hellviktangen, er, der noch nie in Norwegen war, auch nicht in Dänemark oder London oder Paris und sein Englisch ist so lala, aber dort sitzt er, an der beschlagenen Plastikfensterscheibe im rammelvollen Konzertzelt, und als wir auf die Bühne kommen, sieht er mich an, er muss sich drehen, es ist, als würde er sich von seinem Stuhl erheben, sich selbst über all die anderen Köpfe hinweg zu mir herüberschicken und in diesen Augen gibt es keinen Widerstand mehr, keinen Vorbehalt, nur eine Wärme, die so stark leuchtet wie das Licht in Papas Augen, das mir über die Heide hinweg entgegenstrahlt.

Die Tage danach, Du bist so still, sage ich. Da lächelt er ein wenig, als wäre er zufrieden und ein wenig stolz, dass ich nachfrage, dass ich mich für ihn interessiere, für den, der er ist, weiß er denn nicht, dass ich mich immer für ihn interessiere, aber jetzt frage ich, um ihn zu mir, zu uns, herauszuziehen, Du kennst mich noch nicht, antwortet er, den, der ich wirklich bin, meinen caratteraccio kennst du noch nicht, er schaut mich an. Dickköpfig, ja, denke ich, ich höre eigentlich nicht zu, denke, das Sanfte ist ohnehin stärker, das Sanfte ist das Wichtige, das Wahre, das, was wir sind, wir sind das Nackte im Innersten, das Allerzerbrechlichste.

In der Paradisbukta auf einer Bank mit Blick auf den Fjord, Butterbrotpapier, Lompe mit Lachs und Kaffee aus der Thermoskanne, und er sagt nicht, das Gesicht zeigt nicht, ich weiß nicht, ich wandre hinter Papa durchs Gebirge, der Hund irgendwo weit voraus, meine Brüder links und rechts von mir, mit der Angel in der Hand gehe ich hinter dem großen blauen Rucksack her, Papa in Schlaghose und Turnschuhen, die kräftigen Beine, die durch die Heide stapfen, ich schaue einfach, auf Papa, und wenn er sich umdreht, denn irgendwann wird er stehen bleiben und sich umdrehen, darauf warte ich, dann geht es um seine Augen, wütend oder fröhlich, wenn er lächelt, zerspringe ich vor Glück. Wie schön er ist, M, so schön, dass es wehtut. Er blickt hinaus, hinaus aufs Wasser. Sollte es denn nichts zu bedeuten haben, dass er sich hat impfen lassen, um herkommen zu können, dass er tatsächlich gekommen ist? Ich finde schon. Aber ich will mehr. Ich brauche mehr. Ich muss dorthin gelangen, wo die Wärme ist. Wenn er mich dort nicht hinlässt, hat es keinen Sinn, einander nah zu sein.

Bei jedem Ausflug in die Stadt packe ich eine Flasche Champagner ein, ich habe noch ein ganzes Lager mit alten Flaschen von der Hochzeitsfeier vorletztes Jahr, L war so krank, wir haben nichts davon getrunken. Jetzt gibt es Champagner am Strand auf Bygdøy, Champagner auf der Festung Akershus mit Aussicht auf den Hafen und das Rathaus und Aker brygge unter uns, es ist kalt, aber trotzdem schön, und wenn nötig, können wir uns einfach aus dem Supermarkt ein paar Bier holen, abends trinken wir Wein. Am letzten Abend, nach dem Ausflug nach Bygdøy und einem starken Nachmittagscocktail bei einem Freund, möchte ich auf dem Heimweg ganz oben am St. Hanshaugen eine Pause machen, noch ein paar Bier im Rucksack, ich öffne meins und reiche M eins, aber er will nicht, stiert nur vor sich hin. Die ganze Nacht schiebt er mich im Bett von sich weg.

Am nächsten Morgen stehe ich zuerst auf, allein, versuche leise zu sein. Eine Stunde später kommt M, schaut mich nicht an, mit einem Ruck zieht er den Stuhl unter dem Tisch hervor. Er will kein Brot, schiebt die Kaffeetasse weg. Keinen einzigen Abend! Es kommt so plötzlich, Papa, der auf den Tisch schlägt. Sagt: Ab und zu trinken ist okay, aber das hier ist zu viel. Keinen einzigen Abend ohne! Er steht auf, die harte Stimme, mehrmals sagt er es, seine Worte bleiben in der Luft hängen, es geht ums Trinken, aber gleichzeitig liegt darin noch etwas anderes, es wächst und wölbt sich über uns, eine rötliche, zähe Wolke, er sagt es immer wieder, und ich antworte: Ja. Ob er nicht aufhören könne. Ja. Ich verstehe, was er meint, aber ich weiß nicht, wie ich sonst damit umgehen soll, mit dieser Unruhe. Es tut so weh. Er ist völlig verschlossen. Und er bleibt es. Und er hat ja recht. Ich habe es kaputt gemacht, ich allein. An den Rest des Abends erinnere ich mich nicht, und dann reist er ab.

Zurück in Mailand. M hat die besten Eintrittskarten gekauft, der ganze Innenhof ist voller Kerzen, Kerzen über den Boden verteilt, auf Sockeln und in Nischen, überall. Unsere Plätze sind ganz vorn, er lässt sich in seinen Stuhl gleiten und lehnt sich an mich, der glatte Kopf und der grobe Strickpulli, ich lege den Arm um ihn, und er bleibt sitzen. Zwischen all den Kerzen auf der Bühne steht ein schwarzer Flügel, eine Frau in einem bodenlangen roten Kleid erscheint in einer Tür und betritt das Podium, wir klatschen. Eine Stunde lang spielt sie Musik aus berühmten italienischen Filmen, ich habe die Stücke noch nie gehört, sie trillert und verziert und spielt mit derart übertriebenem Swing, dass es kaum zu ertragen ist, aber ich betrachte die Kerzen, auch oben auf dem Balkon im ersten Stock stehen Kerzen, wie in einem Schloss, wir sind auf einem königlichen Ball, ich schaue unverwandt auf die Kerzen und halte M dabei fest umschlungen.

Danach treten wir in die Dunkelheit der warmen Straßen, all die Menschen hinaus in diesen ganz normalen Abend, M neben mir, er wirkt so froh, sagt etwas darüber, dass mehr Leute davon erfahren müssten, in einem solchen Rahmen Musik hören zu können, im Vorbeigehen höre ich einen Mann sagen, dass die Pianistin an mehreren Stellen gepatzt habe, und ich denke, davon habe ich nichts gemerkt, als wir in der Finnmark lebten, kam jede Woche ein Klavierlehrer von der Musikschule zu uns und gab uns dreien Stunden, fünf Jahre lang, aber das ist nie so recht mein Ding gewesen. Ich denke wieder an die Kerzen, an M, den frisch rasierten Kopf, wir biegen um die Ecke und sind allein, wie versunken in der schmalen Gasse, rund um uns die hohen Mauern, die Dunkelheit ist so sanft, Sie war gut, sagt M, er schaut zu mir und nimmt meine Hand, streicht mit dem Daumen darüber, Auch wenn sie ein paarmal danebengehauen hat. Ich sage nichts, drücke seine Hand und schaue zu ihm und lächle, er ist so froh, wirkt so stolz und zufrieden, er hat mir etwas Einzigartiges ermöglicht, denkt er vielleicht, etwas, das nie zuvor jemand mit mir gemacht hat, aber er weiß nicht, dass genau das, gerade jetzt, seine Hand in meiner, seine Füße neben meinen, wir hier in dieser Straße, die immer hier ist, dass gerade das, jede Sekunde davon, für mich vor Einzigartigkeit explodiert.

Eines Abends, zwischen den hohen Bäumen im dunklen Park lässt M den Hund von der Leine, sie rennt davon und kommt wieder zurück, wir schauen ihr zu. Ich erinnere mich nicht, worüber wir an diesem Abend sprechen, das Wichtige ist nicht, was wir sagen, sondern seine Stimme, unsere Stimmen zusammen, die einander irgendwo tief drinnen berühren, still und sanft wie die Feder, die er mir manchmal als Emoji schickt. Es ist spät, er hat Hunger, an der Straße steht ein Kioskwagen mit ein paar Klappstühlen und Tischen, M bestellt einen Panino mit Pferdefleisch, ein Bier, ich eine Flasche Wasser, gegessen habe ich schon, endlich kann ich ihm zeigen, dass ich nicht immer trinke.

Ich sitze in der Hitze und schaue dem Hund auf der Wiese im Park beim Laufen zu. Siebzehn Jahre älter. Ich muss ständig daran denken. Die Falten, der hängende Po. Will er mich wirklich? Ist es wahr? Schon bei L habe ich mich ununterbrochen dasselbe gefragt, konnte es nicht glauben, aber bei M und seinem Alter potenziert sich die Sache gewissermaßen. Hier im Dunkel des Parks ist er so präsent, in diesem Moment gehört er nur mir, wir fließen und strömen und gleiten im Sanftesten, das es gibt. Aber sonst? All die Tage, die Wochenenden, all die Abende und Nächte, in denen ich nichts anderes will, als bei M zu sein, aber keine Ahnung habe, wo er ist oder was er tut, nur dass er sich nicht meldet, nicht anruft, nicht kommt. Er ist nicht bei mir. Das kann doch nur sein, weil er nicht will?

Wir träumen von einer gemeinsamen Reise in die Finnmark. Mitternachtssonne und das Nordkap und Nordlichter, sagt M. Ich sehe die Kurve vor mir, die zur Siedlung hinaufführt, mein Heimweg nach der Schule, den Hügel hoch bis dorthin, wo die Straße in einer Wendeschleife endete und unser Haus stand.

Er begleitet mich nach Kopenhagen. Ich habe einen Auftritt auf einem Festival, Samstagmorgen in einem riesigen Saal, M sitzt ganz vorn und funkelt mir entgegen, und ich habe keine Ahnung, was ich auf der Bühne von mir gebe, wo ich mit einer Schriftstellerkollegin und Freundin stehe, ich kenne sie seit über zwanzig Jahren, es gibt nur M und uns und das, was zwischen uns ist und in mir vibriert, und ich will den Auftritt einfach nur zu Ende bringen, damit ich wieder bei ihm sein kann, nur wir beide. Danach sind wir im Backstage-Bereich, M neben mir, auch eine Kritikerin ist gekommen, die ich ebenfalls seit Jahren kenne und mit der ich immer wieder Bücher getauscht habe, sie schaut uns an, und da ist etwas in ihrem Blick, Neugierde, Unverständnis oder vielleicht sogar Angst, fast scheint es so. Wie alt sie alle geworden sind. Wie vorhersehbar unsere Gespräche doch sind, endlose Wiederholungen von

Dingen, die wir schon mindestens tausendmal zuvor gesagt, getan und gedacht haben, immer dasselbe alte Spiel. Ich schaue M an, wir stehen auf, ich nehme uns für die Zugfahrt nach Christiania zwei Bier aus dem Kühlschrank, bedanke und verabschiede mich, und dann gehen wir, die Treppen hinunter und hinaus. Endlich. Ich schaue M an, wir sind so glücklich. Endlich durchströmt mich etwas, das ich nicht kontrolliere, von dem ich nicht weiß, was es ist, ich weiß nur, dass mein Zusammensein mit M für mich das Stärkste überhaupt ist, und ich möchte nur darin sein.

Die anderen sehen es nicht. Sehen nicht seine Wärme, verstehen nicht, wer er ist, die Zärtlichkeit, das, was in ihm glänzt und leuchtet, tief drinnen. Unsere Welt, das ganze Universum. Das zeigt er nur mir.

An die Wand gelehnt sitzen wir auf den niedrigen Plastikhockern auf der Terrasse meiner Wohnung in Mailand. M raucht, es ist dunkel, bis auf die Lichter von der Straße tief unter uns. Mit leiser Stimme erzählt er von seiner Kindheit, von seiner Mutter, die seinen gewalttätigen Vater verlassen habe, erzählt, der Mann, bei dem er aufgewachsen ist, sei nicht sein biologischer Vater. In seinen Worten kann ich den kleinen M vor mir sehen, der oben in den Bergen bleiben musste, von seinem ersten bis zum dritten Lebensjahr, wo seine Mutter ihn bei einem kinderlosen älteren Ehepaar zurückließ, sie ging und kam zurück und ging wieder. Ich frage ihn, wie das für ihn war, gut, sagt er, aber wie will er das wissen, denke ich.

Danach liegen wir nackt auf dem Sofa. Ganz nackt sind wir beieinander, neugeboren, blind sind wir, und behutsam und klein.

//

Der Nebel macht alles so still. Vor uns ein hoher Drahtzaun, dahinter ein verfallenes Gebäude mit dunklen Fenstern und lose herabhängenden Fensterläden, ringsherum große Bäume und ein Dickicht aus dünnen Stämmen. Hinter dem Zaun beginnt der Wald. Wir stehen neben dem Lieferwagen, Es ist alt und klapprig, sagt er, und als er den Wagen aufschließt und die Seitentür öffnet, sehe ich es im gelben Licht des Laderaums, das auch sein Gesicht beleuchtet, wir beide betrachten das Fahrrad, es ist mit Gurten festgezurrt und sein eigenes Mountainbike steht gleich dahinter, er springt hinein und schnallt es los. Ein schwarzes Damenfahrrad aus den Sechzigern, alle Originalteile sind gut erhalten. Er hat es in der Scheune eines Kunden gefunden, und der hat es ihm schließlich verkauft. So ein Rad habe ich mir immer gewünscht. Ich sage es ihm. Ich sehe, wie er sein Lächeln zurückhalten muss, wie sehr er sich freut. Ich weiß, irgendwo weit draußen am anderen Kanal hat er in einer Kellergarage gestanden, dort, wo die Stadt schon fast zu Ende und alles voller Grünflächen und Bäume ist, und es dort repariert, Schläuche und Bremsen erneuert, die dünnen Drähte, das Schimmern der Speichen und des Kettenkastens, er hebt das Fahrrad vorsichtig aus dem Wagen und zeigt mir den Dynamo, wie auf meinem allerersten Fahrrad, man klappt ihn hinunter aufs Vorderrad, und später, als wir im Nebel auf den Schotterwegen am Wasser entlangfahren, das tief unten im Graben fließt, und dann über die gelben Blätter in den leeren Wald, sehen wir den Kreis aus Licht, der sich vor uns her bewegt, die Lampe, die immer noch funktioniert.

M biegt nach links auf einen kleineren Pfad ab, ich hinterher, dann hält er an und legt das Fahrrad auf den Boden, ich tue es ihm gleich, wir gehen ein paar Meter durchs Gestrüpp und kommen zu einem See. Im dichten Nebel sehen wir nur ein kleines Stück auf das Wasser hinaus. Ein silbriger Schimmer liegt über dem See, große glänzende Flecken, umgestürzte Baumstämme mit in die Höhe ragenden Ästen, angeschwemmter Plastikabfall, reglose Dinge. Als wären wir hinter einen Vorhang zu etwas Verborgenem getreten, dem allerinnersten See, dem Ort, an dem es keinen Durchzug mehr gibt, an dem alles, was nicht von der wirbelnden Strömung mitgerissen wird, stattdessen an Geschwindigkeit verliert und zur Seite geschwemmt wird, wo es einfach liegen bleibt, bis sich genügend Äste und Trümmer angesammelt haben, dass der Druck zu stark wird und sich das Ganze wieder in Bewegung setzt, noch ein wenig, komm schon, aber dann, wenn es schließlich nicht mehr weitertreiben kann, wenn nichts mehr kommt, um es vorwärts zu schieben, dann sinkt es ein und bleibt hier. M greift nach meiner Hand und drückt sie, dann zündet er sich eine Zigarette an. Wir stehen einfach nebeneinander, ich lehne meinen Kopf an seine Schulter, der grobe Stoff seiner grünen Militärjacke.

Während der Rückfahrt wird es dunkel. In einer Bar in der Nähe kaufen wir zwei Bier, gehen zum Auto und setzen uns hinein, M öffnet die Flaschen mit dem Feuerzeug. Er rollt einen Joint, und dann sitzen wir dort und rauchen und trinken Bier und schauen hinaus. Das Laub lichtet sich, sodass die Landschaft offener wirkt, das Licht einer Straßenlaterne erschafft einen Raum zwischen den Bäumen, und wir sitzen da und blicken in diesen Raum, und es fühlt sich beinahe an wie ein Versprechen, eine Art Hoffnung, wo das Licht auf die Blätter trifft, sind sie durchsichtig und fast weiß.

II

Die weißen Füße dort auf dem braun gebeizten Dielenboden. Judith steht im Nachthemd oben am Nähtisch. Es ist Sonntagvormittag. Es dauert mehrere Wochen. Den ganzen Winter.

//

Ich stehe in der Eingangstür, seine Ex-Freundin ist endlich ausgezogen. Geradeaus ein schwarzes Regal als Raumteiler, ein Aquarium, der Hundenapf. Der Boden ist aus dunklem Holz, die Wände scheinen einmal weiß gewesen zu sein, oder sind sie einfach hellgrau. Das Regal steht halb leer, er hat mir erzählt, er habe aufgeräumt, ausgemistet, und nicht gewollt, dass ich zu ihm komme, ehe er damit fertig wäre. Ich frage mich, was er wohl weggeworfen hat, wie es hier vorher ausgesehen hat. Wer ist er? Ein paar Plastiktüten, eine Metalllampe, keine Bücher, aber das wusste ich ja bereits, hinter dem Regal steht ein schwarzes Ledersofa mit einem klobigen Holztisch davor, ein Aschenbecher, eine Plüschdecke mit gelbem Muster, über dem Sofa ein weiteres Regal, auch das ziemlich leer. Hinter der Treppe steht ein großer Fernseher auf einem niedrigen Tisch, vor den Fenstern zur Terrasse hängen schwere Vorhänge, die zugezogen sind. In der Ecke rechts ist die Küche, eine Lichtleiste aus Plastik unter den Küchenschränken, am Kühlschrank rote Herzmagneten, und auch auf den Schranktüren sind Herzen, rundliche rote Herzen, die er aufgeklebt hat. M sieht mich an. Gefällt es dir?

Darf ich öffnen? Wir gehen hinaus. Die Terrasse geht auf die Rückseite des Hauses, ein paar Bäume und weiter weg, hinter der Straße, der Kanal. Sein E-Scooter steht da draußen, und in beiden Ecken liegt haufenweise Gerümpel, ein grüner Badezimmerteppich und schwarze Plastiksäcke, Bambusstäbe, kein Platz zum Sitzen, es wirkt nicht so, als würde er die Terrasse jemals benutzen.

Oben, unter der Dachschräge, steht das Bett, ich denke an die Frau, die dort gelegen und geschlafen hat, jünger als er, aus Rumänien, M hat erzählt, sie habe die ganze Zeit nur geschlafen, dahinter ein kleines Bad. Dachfenster. Oben ist frisch gestrichen, ein reines Weiß, und ein völlig anderer Stil, als wohnte dort eine ältere Dame, ein grauer Rokokostuhl mit geometrischem Muster, an der Wand ein geschwungener Schreibtisch, leer. Am anderen Ende stehen Kommoden und Garderobeschränke und mehrere Kleiderständer, seine Mutter geht für ihn einkaufen, ständig hat er etwas Neues und ihr Geschmack steht ihm, einfache Linien und matte Farben, grün und grau und blau und schwarz, und Hemden, die sie bügelt, wie ich weiß.

Wir setzen uns einen Moment aufs Sofa. Er zeigt mir ein Stück Holz, eine knorrige Wurzel, die er im Süden am Strand gefunden hat, eines Tages möchte er etwas daraus machen, eine Lampe vielleicht. Für hier, sagt er und legt die Hand vor uns auf den Tisch. Ich halte die Wurzel, berühre die verschlungenen Linien, ich sehe M, er steht an einem öden Strand, irgendwo weit weg. Ich nicke.

Seinem Blick entgeht nichts. Wenn wir durch die Stadt gehen, sagt er etwa: Schau mal, der da drüben hat was (Drogen, meint er, irgendeine Art von Diebesgut, gewaschenes Geld, ein Krimineller), der wird jetzt gleich losrennen und abhauen. Und wenig später rennt der Mann wirklich los, und wie aus Vogelperspektive sehen wir zwei andere, die aus verschiedenen Richtungen ebenfalls loslaufen, dem Ersten hinterher. Und was zuvor friedlich gewirkt hat, eine Menschenmenge, die ich kaum wahrgenommen habe, wird plötzlich aufgerissen und die Gefahr quillt hervor, auch hier, sie ist direkt unter uns, überall. An einem

Sonntag fällt eine Frau in Ohnmacht, ich merke nichts, auch ihr Mann nicht, der neben ihr hergeht, aber M sieht es, eigentlich haben wir sie bereits hinter uns gelassen, aber er merkt es trotzdem und setzt zurück und stützt die Frau an Arm und Rücken, damit sie nicht fällt.

Ls Atelier ist immer noch unverändert, die Zeit ist einfach verstrichen, alles liegt darin verstreut wie am letzten Tag. Es hat Fenster auf drei Seiten direkt unter der Decke, daher gibt es trotz der Souterrainlage ausreichend Tageslicht, dazu hat L Leuchtstoffröhren installiert. Stapelweise Gemälde entlang der Wände, mitten im Raum der türkisfarbene Ohrensessel, Farbflecken, und in der Ecke zwei Paletten mit Leca-Blöcken, daraus hat er Regale und Staffeleien gebaut und gelbe imprägnierte Holzplatten daraufgelegt. Ich habe lange nicht gewusst, was ich mit all dem machen sollte, es ist so groß, so leer. Jetzt habe ich über einen Bekannten von M, einen Immobilienmakler, plötzlich jemanden gefunden, der das Atelier mieten und als Lager nutzen will. Es ist schon dunkel, als wir die Gemälde in den Keller tragen, M und einer seiner Kumpel helfen mir, ein zerlegtes Ivar-Regal, sämtliche Regalböden, über die Betontreppe hinunter und dann wieder hoch, die Glühbirne ganz hinten, alles so schnell wie möglich, und sie helfen mir, die Abdeckplane für den Fußboden wegzuwerfen, die Pinsel, wir werfen die Schuhe weg, die stehen geblieben sind, ein paar Flipflops und die abgetragene Kleidung, die L zum Malen benutzt hat, die ich gefaltet und neben den Sessel gelegt habe, all das tragen wir hinaus zu den Tonnen im Hinterhof und werfen es weg.

Am Abend darauf kommt M allein, es regnet, gemeinsam verfrachten wir die Leca-Blöcke auf einer Schubkarre zum

Lieferwagen. Es ist spät, M hat den ganzen Tag an der Renovierung eines Badezimmers gearbeitet und kommt direkt von der Arbeit, er schaut mich nicht an, bewegt sich ruckartig, verschlossen, aber immerhin ist er hier, trotz allem, und hilft mir. Wir stapeln die Blöcke in den Lieferwagen, es ist gerade genug Platz. Beim Hochfahren aus der Hofausfahrt gibt er Gas, nur eine kleine Steigung hinauf zur Straße, aber das Pflaster ist glatt vom Regen, und die schweren Blöcke ziehen den Wagen nach hinten, er gerät ins Rutschen, und als M ihn zum Stehen bekommt, ist er nur eine Handbreit von der Mauer entfernt. M fährt den Wagen ein wenig zur Seite, damit wir die Heckklappe öffnen und den Wagen ausräumen können. Regen rinnt uns übers Gesicht, wir stapeln die Blöcke auf dem Boden, M doppelt so schnell wie ich. Jetzt geht es besser, er kommt mit dem Wagen über die Schräge nach oben, dann hält er und zieht die Handbremse, und wir schleppen die Blöcke von unten hinauf ins Auto. Er ist sauer, aber ich bin trotzdem dankbar, allein hätte ich das alles nie geschafft. Als wir fertig sind, steigt er in den Wagen, das offene Fenster, der Regen, der ihm über die Brille rinnt, das nasse Gesicht, Willst du etwas essen, so etwas in der Art muss ich gefragt haben, wollte wohl einfach irgendetwas sagen, eine Art Möglichkeit eröffnen, aber er beißt die Zähne zusammen, er werde noch lange nicht essen können, erst mal müsse er zur Garage in der Vorstadt fahren und *das Zeugs* loswerden, die Kopfbewegung nach hinten, meine Leca-Blöcke, meine Schuld, ich höre es, aber ich verstehe ihn auch, wie erschöpft er sein muss, den ganzen Tag gearbeitet, und als es endlich Abend wird, kommt er hierher und macht das hier, er hat es selbst angeboten, aber dann kamen der Regen und die Glätte und alles wurde so umständlich und hat viel länger gedauert als gedacht.

Das offene Fenster im Regen, Ms Augen, ich sehe jetzt mehr in ihnen als am Anfang, jetzt kommt es mir vor, als hätten diese Augen den Schmerz der ganzen Welt gesehen, alle erdenkliche Trauer, als fühlten sie alles, was wehtut, als wäre ihnen keine Erniedrigung fremd, und zugleich können sie so warm sein, so gut, so sanft. Auf einmal kommt mir eine Erinnerung in den Sinn, ich war damals jünger als M jetzt ist und mit dem Vater meiner Tochter verheiratet, es war an einem dunklen Abend wie heute, spät, und ich kam nach Hause, war ein, zwei Tage auf Lesereise gewesen, ging den Hügel hinauf zu unserem Reihenhaus und sah ihn auf der Veranda, er lehnte an der Wand und rauchte. Sein Blick auf mir in diesem Augenblick, vom Küchenaltan zu mir auf die Straße herunter, es lag eine solche Wärme in seinen Augen. Sie machte mich wütend. Ich wurde hart. Als hätte seine Wärme mir wehgetan, als wäre sie eine Forderung, die ich nicht erfüllen konnte, ich kam zur Tür herein und war wütend, wo er mir doch nur mit Freude begegnen wollte. Ist es etwa so, für M? Ist es so, dass er will, aber manchmal einfach nicht kann? Er fährt durch das Tor, beim Abbiegen poltert es im Wagen. Er blickt nicht zurück, grüßt nicht, hinter dem Lenkrad des großen Autos wirkt er stark und klein zugleich. Ich stehe da, bis er weg ist, weiß nicht, wann ich ihn wiedersehen werde, wie viele Tage es dauern wird, bis es vorübergeht, bis er wieder in etwas anderem sein kann, und froh.

Ich gehe im Mailänder Regen nach Hause und bin in Tana, als Papa unser Haus baute, die frühen Achtziger, eine dunkle Grube ganz hinten in der Kurve, dort unten stehen Papa und mein Bruder, der älteste Bruder, er, der später nach England gehen und dort bleiben wird, damals war er zwölf, er musste mithelfen, jeden Abend musste er nach dem Essen mit hinauf, die dunkle Grube und die Erde und überall schwarz, es muss kalt gewesen sein, zwei Scheinwerfer beleuchteten die Stelle, wo sie arbeiteten. Zuerst musste das Fundament gegossen werden, dann wurde es mit Styroporblöcken ausgekleidet, die sie mit Beton ausgossen, sodass sie zu einer Art von Ziegelsteinen wurden, und Papa war immer wütend, während sie dort arbeiteten, rasend, die ganze Zeit, mein Bruder tat mir so leid, mein kleiner Bruder war zu klein und ich wurde verschont, weil ich ein Mädchen war, sagte Papa, ich fand nicht, dass das eine ausreichende Begründung war, niemand fand das, aber wir sagten nichts, eine Erleichterung und eine Last, die Mauer in Papas Innerem, wenn sie nach Hause kamen, die Arme und die breite Brust im rotkarierten Hemd, niemals auch nur ein gutes Wort über meinen Bruder, dass er tüchtig war und durchhielt, niemals, und ich machte Waffeln, buk Zimtschnecken, Rosinenbrötchen, Hefezöpfe und Biskuitrollen, damit es etwas Gutes zu essen gab, ich tat es für meinen Bruder, für mich selbst, weil ich so zumindest irgendetwas beitragen konnte, auch wenn es nicht zählte, denn ich wusste, dass ich vom Schlimmsten verschont blieb, denn das Schlimmste war Papa, dort sein zu müssen, wo er war, Abend für Abend, und nichts sagen zu können, nicht gehen zu können, nur dastehen zu müssen, mein Bruder, im Scheinwerferlicht.

Aber es war auch Papa, der das Licht in sich trug. Das Licht in seinen Augen, Papa konnte sich zu mir umdrehen, morgens in der Küche, als das Haus fertig gebaut war, hoch oben in der Küche mit Aussicht übers Tal stand er mit dem Rücken zu mir und briet Speck und Eier und als ich hereinkam, drehte er sich um, die Tapete hatten wir gemeinsam ausgesucht, er und ich, in Vadsø, hatten im Baumarkt gestanden und in den großen Tapetenprospekten geblättert, ich hatte neben ihm im Auto gesessen, die kurvige Straße entlang des Fjords, seltsam, dass nicht Mama mit ihm hinfuhr, sondern ich, noch einmal, Bürde und Geschenk, und dann, am Morgen in der Küche, drehte er sich um und sah mich an und es brannte in seinen Augen, etwas Offenes, eine Freude, und er sagte, Weißt du, weißt du, was ich geträumt habe, und ich sah ihn einfach nur an und lächelte, und er lächelte zurück, und in seinen Augen lagen die große Ebene und die hohen Berge über Ørsta, wo er aufgewachsen ist und wo er als Kind jeden Sommer die Schafe hütete, und eine Landschaft weit weg in China, wo sie Großmutter auf der blauen Scheunentür über den überschwemmten Fluss trugen, als er geboren wurde, mein Vater, ein chinesischer Prinz, Ein Vogel, sagte Papa, ein mächtiger Vogel, da kam ein mächtiger Vogel mit riesigen Flügeln, und ich sehe den Vogel über Papa durch die Luft fliegen, wie schön er ist, majestätisch und wild, Und er setzte sich hierher, sagt er und klopft sich auf die linke Schulter, hier hat er sich hergesetzt, und einen Regenbogenschnabel hatte er, sein Schnabel leuchtete in allen möglichen Farben, und auch ich sehe den Schnabel, Und dann hat er mir etwas erzählt, sagt er, Was denn, frage ich, es muss etwas Glänzendes, etwas Schimmerndes sein, etwas Großes und Wunderbares, von dem der Vogel kündet, so, direkt in Papas Ohr, und Papa schaut mich kurz an, und dann verändert sich etwas in seinen Augen, ein Schatten legt sich über seinen Blick, ein schräger Strich, und es ist der Vogel, der den Schatten wirft, der losfliegt, der mit den Flügeln flattert, und Papa schaut mich an, schaut mich die ganze Zeit an, und dann sagt er: Was der Vogel gesagt hat?, und diesen Schatten anzusehen tut so weh, ich will ihn wegwischen, den Vogel verscheuchen, und Papa schaut mich immer noch an, der Geruch von Speck, der Betonmischer dröhnt und hebt und senkt sich mit dem ausgebeulten Behälter, Nein, sagt Papa und schaut aus dem Fenster, ein lila Streifen in weiter Ferne, Nein, weißt du, und dreht sich wieder zum Speck, er bricht ein Ei auf, es zischt, noch ein Ei, nein, was der Vogel gesagt hat, das ist ein Geheimnis.

//

Tana schwebt vor uns her wie ein Versprechen, ein goldenes Band. Es liegt in unseren Blicken, wenn wir uns ansehen, in dem, was wir einander sagen, wenn wir etwas anderes sagen, die Reise wird zu einem Teil unserer Tage, und es ist nicht mehr die Siedlung, an die ich denke, sondern unser erstes Zuhause, die Flussmündung, wo wir wohnten, als Mama wegging.

Wir sitzen an einem Tisch an der Wand in dem chinesischen Restaurant, wo wir immer die einzigen Nicht-Chinesen sind, denn von der Straße aus gleicht es eher einem Lager als einem Restaurant, zuerst muss man an Kartontürmen vorbei und an der Kühltheke, die übervoll ist mit allem Möglichen, Sehnen und Hühnerfüßen und eingelegten Schweineohren, und dann, hinter einer Trennwand, gelangt man schließlich in den kleinen Speisesaal mit weiß gedeckten Tischen und zu heller Beleuchtung. Er hat kurz nach dem Mittagessen angerufen und gefragt, ob ich abends schon etwas vorhabe, ob ich hier mit ihm essen wolle, dann hat er mich kurz nach neun hinter dem Haus abgeholt. Ich habe sein Verhalten vom letzten Mal im Auto bereits vergessen, vergesse alles sofort, sofern es nichts Schönes ist, er ist schon den ganzen Abend über still, irgendwie wirkt er sauer, aber ich weiß nicht, weiß nicht, ob es etwas mit uns zu tun hat oder mit etwas anderem, er ist einfach schweigsam und verschlossen, beim Bestellen wird es ein bisschen besser, da wählen wir zusammen die Speisen, wir probieren beide gern Neues aus, bestellen Algensalate und Nieren und Sehnen, und dann sind wir für eine Weile mit dem Essen beschäftigt, mit den Stäbchen, da braucht man nicht viel zu reden, da machen wir quasi etwas gemeinsam, auch wenn er nicht lächelt. Am Ende eines Korridors weiter hinten liegt ein größerer Raum, aus dem ferne Geräusche zu uns dringen, Stimmen, chinesisch, dorthin gehen wir nie. Jetzt sind wir auch mit dem Essen fertig. M hat immer noch etwas warmen Sake in einem Becher, bald werden wir aufstehen und gehen. Aber hallo, muss es denn wirklich so sein? Wozu miteinander essen gehen, wenn nicht wenigstens ein bisschen Freude darin liegt, ein bisschen Nähe, Zärtlichkeit, ein bisschen Alltagsjubel, nach dem ich mich so sehr sehne, während ich ihm gegenübersitze, den ganzen Tag habe ich mich darauf gefreut, ihn zu sehen. Meinen Jungen. Und aus diesem Gefühl heraus, dem sanften, warmen Gefühl, das ihn einfach nur vorsichtig streicheln will, frage ich: Was willst du eigentlich von mir? Sein Gesicht wird hart. Fuck, sagt er und wirft die Serviette auf den Tisch, Können wir nicht einfach mal einen ruhigen normalen Abend haben, ohne solche Fragen von dir? Die Vorderseite meines Körpers versteift sich, alles ihm Zugewandte wird glatt und blank. Was ich eben noch gefühlt habe, ist weg. Ich sehe nur, sehe ihn, die harten Augen, die Wangenknochen, seine rauen Hände, sehe den Tisch und die braune Sojasauce und die dunkelgrünen Algenfäden, die auf dem Teller zurückgeblieben sind, rote Pfefferkörner, all das sehe ich, aber ich fühle nichts. So war es doch nicht gemeint. Wie kann er wegen einer solchen Kleinigkeit so wütend werden, denke ich zuerst. Wir stehen auf, raus in die Dunkelheit, finden das Auto, steigen ein. Ich denke die ganze Zeit an meine Frage. Er schaut zurück, parkt aus. Vielleicht war es doch keine Kleinigkeit. Was er von mir will, das ist doch im Grunde genommen alles, es war dumm von mir, danach zu fragen. Ich sage es. Entschuldige mich. Aber jetzt ist er wütend. Den ganzen Weg durch die leeren Straßen bis zur Stelle hinter der Hausecke, wo er mich absetzt.

Am Tag darauf ruft er mich gegen elf Uhr an, ich bin gerade beim Sport, die helle Stimme im Lieferwagen auf dem Weg von einem Auftrag zum anderen, er macht sinnlose Geräusche, ich dachte, er wäre sauer, aber anscheinend ist er es nicht, ich lache, er albert noch mehr rum, und ich lache und lache, Jetzt hab ich dich also heute auch noch zum Lachen gebracht, sagt er, ich höre, dass er lächelt, wir legen auf, und der Himmel ist blau und die Sonne scheint, Sonnenschein im Zickzack zwischen den Gebäuden herab und bis zu mir auf meinem Laufband, wo ich mit meinen Kopfhörern einen steilen Abhang hochsteige.

Er sagt nicht: Zeig mir deine Bücher. Obwohl ich sie alle im Regal im Schlafzimmer stehen habe, ganz unten, wie in Oslo. Er sagt nie: Ich bin stolz auf dich, wenn ich erfahre, dass eines meiner Bücher in eine neue Sprache übersetzt werden soll, oder wenn ich ihm ein Video vom Empfang schicke, der für mich im norwegischen Konsulat hoch oben in einem Wolkenkratzer in New York gegeben wird. Er hat alle drei ins Italienische übersetzten Bücher, aus den beiden Romanen hat er nur ein paar Seiten gelesen, das Buch, das ich während Ls Krankheit geschrieben habe, dafür gleich zweimal, als könnte er damit etwas anfangen, als wäre dieses Buch wirklich. Er zeigt mir seine Lager in der Garage, er zieht die Tore auf, und es ist, wie in einen geheimen Ort hineinzublicken, eine verborgene Welt, hier verbringt er seine Abende, Regale voll mit sortiertem Werkzeug, und die drei Motorräder, stark und blank, wie wilde Tiere stehen sie da, eines größer als das andere, auf denen reitet er, durch den Wald und über die

Hügel, wenn er allein ist. Oder durch die Wüste, sagt M, dann fährt er das kleinste, das leichteste, damit es nicht einsinkt. An einem Sonntag fahren wir zum Pilzesammeln in den Wald. Ich habe uns Lunchpakete mitgebracht, Brötchen mit Thunfisch und Ei, während wir zwischen den Bäumen hinaufwandern, fängt es an zu regnen. Wir sind allein. Den ganzen Tag verbringen wir im nassen, nebligen Wald, sitzen jeder mit einer Plastiktüte im Heidekraut, die Thermoskanne mit Tee, ich unter der Kapuze der Regenjacke, aber M ohne Kopfbedeckung, die Tropfen rinnen über den kahlen Schädel und die Brille. Die weiche Nase, seine Sommersprossen, die Lippen. Wir sind still. Hin und wieder blicken wir einander an, lächeln ein wenig. Oft denke ich, gerade die Stille ist das Schönste an uns. Wir finden keine Pilze. Auf dem Rückweg sehen wir am Straßenrand einen Trailer mit einem handgeschriebenen Schild und M hält an, im Wagen stehen ganze Paletten voller Pilze, M kauft eine Tüte, die groß genug ist, dass wir daraus ein Abendessen machen können und er den Rest seinen Eltern mitbringen kann.

Ich habe Lust, meinen Geburtstag zu feiern, das erste Fest seit Ls Tod, meine Freundin, die Kunstkuratorin ist, bietet an, ein Risotto zu machen. Am Nachmittag kommt M mit einer riesigen gelben Tüte voll mit den verschiedensten Dingen, einer Schinkenschneidemaschine und Plätzchen, die seine Mutter gebacken hat, und Süßigkeiten und Gläsern mit eingelegten Früchten zum Käse. Er wirkt so hell, so froh, und während ich das Wohnzimmer vorbereite, bleibt er in seinem dunklen Anzug in der Küche, steht dort mit meiner Freundin, ich höre die Stimmen, sie unterhalten sich über Essen.

Als alle Gäste da sind, stehe ich auf und stelle sie einander vor, sage etwas über jeden einzelnen, Literaturleute, ein Übersetzer und Philosoph, Camilla und ihr Mann, beide Musiker, die Freundin mit dem Risotto, ein Designer, ein Architekt und ein bekannter Fotograf, über M sage ich, er ist mein Freund, betreibt seine eigene Firma und hat einen Australian Shepherd, ich erzähle, was er alles kann und tut, so viel Liebe.

Den ganzen Abend stehe ich mit einem Glas in der Hand beim Buffet, am anderen Ende des Raums ist M mit ein paar anderen, sein Arm gestikuliert so heftig, dass seine Jackettschöße hin und her schwingen, es wird über Politik diskutiert. Später tragen wir gemeinsam den Kuchen ins Wohnzimmer, ich puste die Kerzen aus, irgendjemand macht Fotos, und darauf sind wir beide zu sehen, M im Anzug und ich daneben, rosa Paillettenkleid, hinter uns am Tisch Ls Y-Stühle.

Danach, das Gefühl, sie alle getäuscht zu haben. Sie zu meinem Fest gelockt zu haben. Die Frau im Kleid auf den Fotos. Wer ist sie eigentlich? Das Gefühl, der Weg zu den anderen sei so weit. Irgendjemand möchte, dass ich zum Sofa komme, aber ich bin zu unruhig, um mich zu setzen. Will nur stehen. Kann mich nicht erinnern, mit jemandem geredet zu haben. Das muss ich ja wohl getan haben. Als wäre es einfach zu viel gewesen. Gleichzeitig war ich so froh darüber, sie hier zu haben. Zu froh vielleicht. Oder traurig. Ich weiß nicht. Als ginge es um etwas anderes als das, was eigentlich passiert ist, das Zusammensein im Wohnzimmer mit Musik und Wein und Gesprächen und gutem Essen. Was denn? Dort am Tisch zu stehen und das Ganze aus der Distanz zu betrachten, war mehr als genug für mich, nur so habe ich es aushalten können.

Wie kann ich glauben, dass jemand bei mir sein möchte, wenn nicht einmal ich selbst bei mir bin. Wenn ich im Grunde genommen nirgends bin. Wo in mir selbst bin ich? Das Zimmer ist voller Menschen, die meine Freunde sind, und am anderen Ende sitzt M, ich schaue ihn an, sehe ihn reden, aber ich kann mich nicht erinnern, dass er zu mir schaut, an diesem Abend, durch den Raum hindurch, nicht ein einziges Mal bleibt er stehen und dreht sich nach mir um, seine Augen, sein Blick auf mir, nicht ein einziges Mal wir.

//

Als ich gegen zwei Uhr nachts aufwache, liegt er nicht oben bei mir im Bett, ist vermutlich immer noch unten, und ich habe Angst, ich weiß nicht, warum. Ich gehe die Treppe hinunter, und dort sitzt er auf der Sofakante, die Ellbogen auf die Knie gestützt, das Telefon, er blickt nicht zu mir auf. Ich bleibe auf der untersten Stufe stehen, Kommst du nicht bald ins Bett, frage ich leise. Und sofort wieder diese Härte, Schärfe: Das gibts doch nicht! Als hätte ich irgendetwas völlig Unangemessenes gesagt. Er ist sauer, einfach so, peng: Das gibts doch einfach nicht. Er schüttelt den Kopf. Kann ich nicht einfach mal in Ruhe hier sitzen.

Was hat es denn für einen Sinn, hier zu sein, in all dem. Ich erinnere mich vage, auf einen Anlass gewartet zu haben, einen Punkt, der mir erlauben würde zu handeln. Denn es gibt etwas zwischen uns, das nicht gut ist und das ich nicht benennen kann, aber jetzt, in diesem Augenblick, ist eine Grenze erreicht und etwas wird deutlich, und ich fange an, meinen Rucksack zu packen, während M dort auf dem Sofa sitzt und immer wütender wird, fast springt er auf und ab und sagt immer wieder das Gleiche, das gibts doch einfach nicht, darf man nicht einfach mal abends allein in der eigenen Wohnung sitzen, nach einem langen Tag, und selbstverständlich, das habe ich ja keineswegs infrage gestellt, ich wollte doch nur wissen, wo er blieb, aber er hört nicht und scheint mich auch nicht zu sehen, er ist in einer Art Trance, in sich selbst, und die Worte hämmern drauflos, als wäre er schon längst wütend gewesen, bevor ich zu ihm heruntergekommen bin. Das hier funktioniert nicht, sagt er, wir beide, ist es das, worüber er hier gebrütet hat, ist er deshalb so wütend, wir sind einfach nicht kompatibel, sagt er, und ich sage Sätze wie *Du siehst mich nie wieder*, aber auch, als ich zum Gehen bereit bin, *Willst du mich nicht umarmen*, aber das tut er nicht, er steht nicht auf, also Helm auf und raus, und ich bin nicht unbedingt froh, aber jedenfalls erleichtert und ja, ich fühle mich frei, als ich losradle und durch die leeren Mailänder Straßen nach Hause rausche.

Am nächsten Tag fliege ich nach Oslo, habe immer noch Ms Sachen vom Geburtstag bei mir stehen, und weil seine Tante bei mir im Haus wohnt, trage ich einfach die Tüte hinunter und stelle sie vor ihre Tür. Sie weiß, dass M bei meinem Geburtstag war, das hat er mir erzählt, ganz stolz darüber, dass er es ihr gesagt hat, und ich finde das seltsam, soll ich mich etwa geehrt fühlen, dass er mich seiner Familie gegenüber erwähnt. Jedenfalls denke ich, das ist eine einfache und praktische Lösung, obendrauf lege ich einen Zettel: *An M*, dazu das *Mio, mein Mio*-Buch, schreibe eine Widmung, *Meinem M*, schreibe ich, mit Datum und meinem Namen darunter, was will ich eigentlich damit erreichen, L hat das Buch auf Italienisch herausgegeben.

Nach dem Sport stelle ich die Tüte also dort ab, und am Nachmittag scheint die Tante sie gefunden zu haben, denn da fängt M an, mir Nachrichten zu schicken, eine nach der anderen, rasend, und anzurufen, ich lasse es klingeln, will nicht reden, *Traust du dich nicht mir zu antworten?*, und schließlich hebe ich doch ab und er schimpft eine ganze Stunde lang auf mich ein, im gleichen Stil wie letzte Nacht, immer wieder dasselbe mit dieser harten, gleichsam psalmodierenden Stimme: Nimm NIE WIEDER den Namen von Tante, Mutter oder Vater in den Mund, KOMM JA NIE WIEDER in die Nähe MEINER FAMILIE.

Dann fliege ich nach Oslo und bin einfach nur erleichtert, weit weg zu sein. Als wäre er aus mir herausgeschnitten, ich fühle weder Trauer noch Verlust. Auch keine Wärme oder Sehnsucht, nichts Sanftes, nichts Wundes. Nichts. Nicht mein Kopf diktiert mir das, ich tue es einfach nicht, fühle nichts, als hätte mein Körper ihm den Rücken zugewandt, etwas in mir sagt Stopp. Schluss. Nein.

Jedem, dem ich begegne, erzähle ich davon. Die gelbe Tüte und NICHT IN DIE NÄHE meiner Familie. Ich bin bei einer Autorenkollegin zum Essen eingeladen, ein paar Leute von unserem Verlag sind gekommen, auch meine Verlegerin, und ich bin aufgewühlt und, ja, ängstlich? Alle hören zu und nicken mit ernsten Mienen, und ich kann gar nicht aufhören zu erzählen, will eigentlich nur, dass wir den ganzen Abend über nichts anderes sprechen.

Auf dem Weg zu dem Essen mache ich ein Video von fallenden Schneeflocken zwischen bunten Lichtern, die in den Bäumen hängen. Das Video ist für M. Wann habe ich es ihm geschickt? Am selben Abend?

Warum öffnet sich etwas erneut hin zur Gefahr, zum Schmerz, zur Angst? Als wäre die Angst bereits vergessen, als hoffte etwas in mir, die Gefahr wäre eingeschlafen wie ein Bär im Winter und jetzt gäbe es nur noch das Zarte, das Empfindliche, das Zitternde, das sanfte Licht in M, das mir entgegenleuchtet? Wie all die Male in Tana am Küchentisch, Familienrat, *Wenn es sich diesmal nicht bessert, bis nächste Woche, dann.* Was dann? *Dann ist es aus.* Alles,

alles, was unsere Welt war, unsere Familie, dann würde es uns nicht mehr geben. Es fühlte sich an wie eine Unmöglichkeit, der Gedanke machte mir Angst, eine wilde, ängstliche Hoffnung: dass es gut gehen musste, *dieses Mal*, dass Mama es schaffen musste, ihm zu antworten, damit er nicht zornig und wütend zu werden brauchte, nicht verzweifelt und verzagt, oh, wenn sie ihm doch nur antworten könnte, mir erschien es so einfach, wenn ich ihnen nur helfen könnte, sodass es vorüberginge.

Jeden Abend mit dieser Ungewissheit schlafen zu gehen, mit diesem Nicht-Wissen, und niemand kam und setzte sich zu mir an die Bettkante, niemand kam und sagte etwas, niemand kam, zu Bett gehen und einschlafen, immer auf dieselbe, die einzige Weise: ein Bild suchen, das gut ist, es aus meinem Inneren hervorkramen (der Geburtstag) und es festhalten und nichts von dem Dunklen eindringen lassen, nur nach vorn schauen, ins Licht, ganz gleich, wie viel Dunkelheit uns umgab, mich am Guten festklammern.

Und dann, nach drei Wochen, trotz allem, eine Öffnung.

//

Zuerst fragt sich Judith, ob sie wirklich etwas gehört hat, sie steht in der Küche und schüttet gerade Wasser in einen Topf, als sie es erneut klingeln hört. Soll sie die Tür öffnen? Sie erwartet niemanden. Sie geht in den Flur, durch die dünnen Vorhänge am Türfenster sieht sie Bewegungen, da draußen steht ein Grizzlybär oder ein Gorilla mit feucht rinnender Schnauze.

Vor der Tür: ein junger Mann, Jeans, zu großer schwarzer Kapuzenpulli, Turnschuhe, glattes, helles Haar, das ihm schräg in die Stirn fällt, in der Hand hält er einen Umschlag, Ms Greco?, fragt er, Mein Name ist Matt Dillmann, ich soll Ihnen das hier geben, er reicht ihr den Umschlag, Meine Mutter, fügt er hinzu und nickt in Richtung Straße, möchte es Ihnen schenken. Judith schaut zur Straße und sieht ein verstaubtes, kleines rotes Auto, am Steuer sitzt eine Frau und beugt sich herüber und winkt und lächelt, umrahmt von den vielen roten Locken sieht ihr Gesicht so aus wie ein Tier in seinem Bau. Danke, sagt Judith und nimmt den Umschlag entgegen, sie lächelt und winkt mit dem Umschlag der Frau im Auto zu, und Matt Dillmann ist schon auf dem Weg zurück über den Rasen. *Have a good one*, ruft er ihr über die Schulter zu und öffnet die Tür und steigt ein (der Jungenkörper, bei dem alles eine einzige Bewegung ist), und dann fahren sie los und sind fort.

Im Umschlag sind Fotos von Myrto, schwarz-weiß, aus dem Konzertsaal des Auditoriums. Judith bleibt in der Tür stehen und betrachtet sie.

Warum kannst du das nicht selbst erledigen (denkt Matt), aber so ist es immer, irgendwie möchte sie durch ihre Fotos mit den Leuten in Kontakt treten, aber wenn es dann so weit ist, ziert sie sich und benutzt stattdessen mich, selber bleibt sie einfach sitzen und raucht, versteckt sich, ist nichts anderes als eine verdammte Kameralinse, und ich muss der Faden sein, der sie mit den Leuten verknüpft, aber wenn ich etwas sage, lächelt sie nur und lacht, und später hat sie keine Ahnung mehr von dem, was sie selbst gesagt hat, ihr Mund und die Worte bleiben draußen und sie haut ab, zieht sich in sich selbst zurück, und dann hockt sie irgendwo herum und summt vor sich hin und starrt in irgendeine kranke kleine lila Blume hinein, was weiß ich.

Drei Tage später steht Judith mit dem Umschlag in der Hand im Büro des Auditoriums und erkundigt sich nach der Person, die die Fotos gemacht hat. Der Name Dillmann ist niemandem ein Begriff, und es kann auch nicht der Hausfotograf gewesen sein, denn der ist ein Mann, Judith sagt, es sei eine Frau mit roten Haaren gewesen, da fällt der jungen Frau, die vor dem Monitor am Fenster sitzt, ein: Die Frau aus dem Trailerpark, an ihren Namen kann sie sich nicht erinnern, aber die, die mal hier war und während der Probe Bilder machen wollte, nicht wahr?, ruft das Mädchen, aber ihre Kollegin erinnert sich nicht. Judith fragt, wo der Trailerpark liege, und das Mädchen antwortet, Nordwestlich der Stadt auf der Route 27, vielleicht eine Dreiviertelstunde, Stunde weg, sagt sie, dann sind Sie da.

Judith hat kein Auto, aber es fährt morgens ein Bus und am Nachmittag einer zurück, am nächsten Tag steigt sie ein und findet einen erhöhten Platz hinter den verdunkelten Fensterscheiben, sie hat den Fahrer während seiner

Zigarettenpause gefragt, ob er den Trailerpark kenne, *Oh, Sunshine Canyon, yes*, hat er gesagt, er werde sie dort aussteigen lassen.

Sie schaut hinaus auf die Stadt, die bald nur noch aus Einfamilienhäusern und Gärten besteht. Sie fragt sich, was sie fühlt, aber sie spürt nichts, sie fragt sich, was sie sich von diesem Ausflug erwartet, hat aber keine Antwort darauf. Die Frau hat Myrto gesehen und die Fotos von ihm bei sich liegen gehabt, und sonst? Er kommt nicht zurück. Sie sagt es sich selbst: Er kommt nicht zurück. Anfangs hat sie das getan, um den Schmerz hervorzurufen, um zu fühlen, wie weh es tat, die Wunde in der Brust sich öffnen zu spüren und darin zu wühlen, in ihr zu sein, sicherzugehen, dass sie nichts übersehen, dass sie sich nicht selbst belogen hat. Er kommt nicht zurück. Es tut nicht mehr automatisch weh. Sie blickt hinaus auf die Bäume, Kühe auf einem Feld, an einer Hausecke ein angeleinter Hund, die Leine spannt sich, so weit es geht, und er steht da und zieht und bellt, sie hört es nicht, sieht nur, wie der Hundekörper sich beim Bellen zur Welle formt, wie Schläge aus seinem Inneren.

//

Matt steht auf der Veranda, als Judith die Tür öffnet, und er sieht das lange, graue Haar, den Rock wie in *Unsere kleine Farm*, sie könnte ein Gewehr halten. Aber Matt sieht auch noch etwas anderes, sieht mehr. Es sind Judiths Hände, als sie den Umschlag entgegennimmt und ihn dabei berührt, sie verfehlt den Umschlag und fasst nach seiner Hand, ehe sie den Umschlag findet. Wie weich sie sind. Und als er zu ihr aufblickt, sieht er es auch in ihren Augen. Etwas seltsam Sanftes und zugleich Schimmerndes, fast versteckt, etwas Waches, Schüchternes, das sich hinter einer Ecke verbirgt, wie Steine unter Wasser, etwas Listiges, etwas Grünes, das glitzert.

//

Er hat ein großes Glas Kakao vor sich auf dem Tisch stehen, daneben eine gelbe Nesquik-Packung, er sitzt mit dem Rücken an die Wohnwagenwand gelehnt. Hallo, sagt Judith, während sie auf ihn zugeht, sie ist eine Weile zwischen den Wagen umhergelaufen und dann, auf einmal, sieht sie ihn, Hallo, Matt Dillmann, sagt sie. Hallo, erwidert er und blickt zu ihr auf, die Stirnfransen über dem rechten Auge, er fährt mit dem Daumen über die stählerne Tischkante, hin und her. Deine Mutter, fragt sie, ist deine Mutter zu Hause? Aber seine Mutter ist bei der Arbeit, und Matt sollte bestimmt in der Schule sein, denkt Judith, wie alt mag er sein, siebzehn, vielleicht achtzehn. Und sie denkt an die Nähmaschine, vor der sie eigentlich sitzen sollte, was macht sie hier, es ist schon viel zu lange her, dass sie etwas genäht hat, aber der Gedanke gleitet, ohne Eindruck zu hinterlassen, an ihr ab, als wäre sie nicht mehr Judith, nicht mehr die Frau, die sie am oktagonalen Tisch im ersten Stock sitzen sieht oder in der Nähwerkstatt in Mailand, oder an den beleuchteten weißen Tischen im Keller der Osloer Oper, wenn sie an sich selbst denkt, sie kann sich selbst nicht sehen. Aber Meryl Streep ist deutlich, die erkennt sie in den Bildern, die ihr noch aus dem Film in Erinnerung sind, das klare, volle Lächeln, die Vorfreude auf Clint Eastwood, mit der sie durch die Schwingtür aus dem Haus tritt und dasteht und ihre Hände an der Schürze abtrocknet, als sie das Auto auf dem Kies der Auffahrt hört.

Kann ich Ihnen ein Glas Wasser anbieten?

Wenn wir in der Finnmark von der Schule kamen, wenn meine Brüder und ich aus dem Schulbus gestiegen, den Hügel hinaufgegangen und um die Kurve und ins Haus gekommen waren, dann war nur der Hund da, und wir hatten zwei Stunden für uns allein, frei, ehe Mama und Papa von der Arbeit kamen, und in dieser Zeit fühlte sich das Haus so leicht an, ich weiß nicht mehr, ob mein kleiner Bruder und ich etwas aßen, erinnere mich nicht, Smacks mit Zucker und Milch, keine Ahnung, aber ich weiß, dass mein großer Bruder das tat, der drehte sein Ding, war mutiger, denn eigentlich durften wir nicht, er rührte einen Klumpen Butter mit Zucker und Kakao zu einer weichen Masse zusammen oder aß Brot mit Marmelade und manchmal Nutella, aber das kam nur sehr selten vor, und niemals, niemals war es Schokomilch.

Es war so hässlich bei uns. Ich sehnte mich nach ordentlichen Materialien, nach etwas Echtem, einem Tisch aus richtigem Holz, Keramiktassen, Farben, die zusammenpassten oder Linien, die eine Ganzheit ergaben, so wie im Haus der Priesterfamilie oder bei manchen der Lehrer, die ich zu Hause besucht hatte, oder bei den Nachbarn, bei Jørgens Mutter, ein Gefühl dafür, was die Dinge waren. Das gab es bei uns nicht. Ich habe Papas Fotos aus der Zeit gesehen, bevor er Mama kennengelernt hatte, Bilder aus den frühen Sechzigern, leichtes nordisches Design mit einem gewissen Stil und Feeling, aber gemeinsam wollte es den beiden nicht gelingen, ein Heim zu schaffen. Wir hatten ein rotes Plüschsofa und Filzteppich anstatt eines Holzbodens, der Küchentisch war aus Laminat, und die Begriffe für all diese Materialien kannte ich damals nicht, aber ich fühlte, dass sie nicht schön oder gut waren. Und natürlich, wäre es ihnen miteinander gut gegangen, Mama und Papa, wäre es ihnen mit sich selbst gut gegangen, dann wäre das mit dem Laminat und dem Plüsch oder sonst was wohl nicht so schlimm gewesen. Und immerhin hatten wir Buchclub-Bücher und Lexika und das Klavier im Wohnzimmer, das in Raten abgezahlt wurde. Aber ich sehnte mich nach Schönheit, einer Schönheit, die etwas anderes war, ich wusste nicht, was, aber es war etwas anderes, ich träumte von Ledersofas mit einem braunen Couchtisch und einem Fernseher und einer Bücherwand, auch die braun, mit Bildern in den Regalen, keine Bücher, sondern Krimskrams und Ziergegenständen und die Wände grün oder orange, so wie bei allen, zu denen ich nach Hause kam und die ich kannte.

Wasser, ja! *That would be nice*!

Sie sitzen ein wenig zusammen, das Wasserglas auf dem Tisch, er hat es von drinnen geholt, vor ihnen Sand und trockenes Gras und die Reihe aus Wohnwagen, ein Hund mit dreckigem hellem Fell kommt vorbeigelaufen, mager, unter einem Wagen weiter hinten schläft eine schwarze Katze. Myrto hat ihr bestimmte Dinge beigebracht, denkt Judith, aber gelernt hat sie sie im Grunde genommen erst jetzt, danach, jetzt, wo er nicht mehr da ist, sie ist zu spät gekommen. Etwa dies, zu diesem Glas Wasser Ja zu sagen, es anzunehmen, obwohl sie keine Ahnung hat, was sie damit machen soll, überhaupt hierherzukommen, diese Frau aufzusuchen, die nicht einmal da ist, und jetzt sitzt sie hier mit deren Sohn. Es ist ihr erstes Mal in einem Trailerpark. Gemeinsam mit Myrto war alles vertraut, die Art miteinander zu reden, oder still zu sein, aufeinander Rücksicht zu nehmen. Selten dachte sie daran, dass er Italiener war, erst jetzt, da er tot ist, wird ihr mehr und mehr bewusst, was das eigentlich bedeutet, wie unterschiedlich die beiden Länder sind, Norwegen und Italien, aber trotzdem, auch wenn sie aus entgegengesetzten Ecken Europas stammten, so hatten sie doch eine geistige Herkunft miteinander geteilt, die Bücher, die sie gelesen hatten, Referenzen, Anne Carson und Pipilotti Rist, sie lebten in ein und derselben Welt. Sie blickt auf ihre Hand mit dem Wasserglas, wie weit weg sie ist. Sie blickt zu dem Jungen, Matt, die straffe Haut und die hervorstechenden Wangenknochen, die Augenbrauen, gelb-weiß, wie gepudert, Sommersprossen von der Nase bis in die Stirn, hellbraun, das hat sie noch nie gesehen, wie klein sein Ohr ist, kaum ein Ohrläppchen, sie unterlässt es, auf das Loch zu starren, das in den Kopf hineinführt.

Kommst du mit runter zum Fluss, fragt er. Er blickt sie an, er lächelt nicht. Ja, sagt Judith. Er blickt sie noch einen Moment an. Dann nimmt er die gelbe Packung und das Milchglas und ihr leeres Glas und stellt alles im Wageninneren neben der Tür auf den Fußboden, macht die Tür zu und schließt ab. Er steckt den Schlüssel in die Hosentasche, die enge Jeans an der schmalen Hüfte, die Hose sieht neu aus, noch nicht gewaschen, die langen dünnen Arme. Wie in einem Gitternetz gehen sie zwischen den Wagen hindurch, vorwärts, dann zur Seite, dann wieder vorwärts und wieder zur Seite. Hin und wieder hört sie Fernsehergeräusche, eine sehr dicke Frau sitzt auf einem weißen Plastikstuhl, rosa Kopfhörer, es quillt unter der Armlehne hervor, vielleicht schläft sie, denkt Judith, sie hat die Augen zu. Sie verlassen das Wagenreihennetz, vor ihnen staubige Bäume und ein Pfad, der den Hügel hinabführt, Gebüsch, sie geht hinter ihm her, er hält die Zweige, sodass sie ihr nicht ins Gesicht peitschen, seine Hand auf den Zweigen, sie betrachtet sie, wie selbstverständlich, wie jung und lebendig. Sie gehen ein Stück, noch zwei Kurven, dann sind sie an einem Bach, ihn einen Fluss zu nennen, wäre übertrieben, denkt Judith. Es ist still, als wären sie weit weg von allem, in einem Hohlraum. Judith blickt auf das Wasser, wie es zwischen den Steinen dahinfließt. Weiter unten verbreitert es sich und wird zu einem Teich, dort ist das Wasser dunkler, bestimmt tiefer. Komm, sagt Matt, seine Hand, während er es sagt, als würde sie nach ihr greifen, und da, hinter einem umgestürzten Baumstamm, aus dem kleine Bäume hervorwachsen, steht eine lange hohe Bank mit Holzkisten darauf. Jede Kiste hat eine Gittertür, Matt geht hin und öffnet einen Haken, sie folgt ihm und bleibt neben ihm stehen und sieht, dass in den Kisten Kaninchen sind, sie betrachtet sein Gesicht, wie still es ist, er blickt auf seine Hand im Stroh unter dem graugelben Bauch, die das Kaninchen hochhebt.

Für ihre Fotoserie *Immediate Family* hat Sally Mann ihre Kinder rund um das Haus am Fluss fotografiert, in dem sie aufgewachsen sind, in Virginia. Der abgerutschte Hang oberhalb des Flusses, eingetrockneter Lehm und sonnenverbrannte Halme, die drückende, dösig machende Hitze. Auf zwei Fotos sieht man ihren Sohn, Emmett: *Emmett and the White Boy* und *The Last Time Emmett Modeled Nude*. Beide sind am Fluss aufgenommen worden, Emmet mit *The White Boy* in Badehose, beide in nassen Badehosen, vor einem Baumstamm, Emmett sonnengebräunt, die Haare glatt nach hinten, Wassertropfen auf den Armen, und es ist die Art, wie er in die Kamera blickt, als wäre dort eine Wand, in seinen Augen, ich kann nicht in sie hineinschauen, weiß nicht, was ich sehe, vielleicht hat Sally mehr in ihnen gesehen, vielleicht auch nicht, vielleicht wirken die Bilder deshalb so stark, und auf *The Last Time Emmett*

Modeled Nude steht er im Wasser, das Wasser sieht dick und ölig aus, der Wald ist finster und das Wasser entlang des Ufers pechschwarz, und auch hier, seine Augen, diese Kante, hier gibt es etwas, das wir zu sehen bekommen und etwas anderes, das wir wirklich nicht zu sehen bekommen, es ist die Grenze in seinen Augen, die das Bild zum Beben bringt.

Jørgen, der Junge aus dem Nachbarhaus in Tana, war ein Jahr jünger als ich und jemand, der mich wirklich zu sich einließ. So fühlte es sich an, in seinen Augen, als gäbe es einen Tunnel zwischen uns beiden, der zu einem Ort des Lichts führte. Oder vielleicht war es kein Licht, vielleicht war es einfach offen, nackt, und an der tiefsten Stelle dieses Tunnels konnte ich, ich weiß nicht, ob *sehen* der richtige Ausdruck ist, aber ich konnte *fühlen*, wer Jørgen wirklich war. Und dort, dort *war er* dieses Licht.

Irgendwie hatte Jørgen das Munitionsdepot der Heimwehr aufgespürt, war dort eingebrochen, und ich weiß nicht, was er mit dem ganzen Sprengstoff gemacht hat, aber bei ihm musste es immer knallen, und er frisierte sein Moped und ich saß hinter ihm und bin in meinem ganzen Leben nie schneller gefahren, ohne Helm, zwischen den schmalen Birkenstämmen bergab durch das Tanatal. Er wusste nicht, wer sein Vater war oder ob er am Leben war, seine Mutter lebte mit einem anderen Mann zusammen, Jørgen hatte kupferrotes Haar und Sommersprossen, einmal gelang es ihm, mich davon zu überzeugen, dass er sich die Haare abrasiert habe und eine Perücke trage, und dass seine Haare in einer neuen Farbe nachwachsen würden. Jørgen war Legastheniker und stolz und jähzornig und hatte ständig Ärger in der Schule, aber ich erinnere mich an ihn an der

Haltestelle, morgens, wenn wir auf den roten Bus warteten, wie er mich hänselte und sich mit mir balgen wollte, damit er mich in den Schnee werfen, sich auf mich setzen und mir ganz dicht übers Gesicht atmen würde, während er mir damit drohte, mir den Handschuh voll Schnee in den Nacken zu drücken, und er kam mit Pornoheften zu mir, *Aktuell Rapport*, klopfte eines Abends an mein Fenster und stand draußen und reichte mir ein dickes Taschenbuch mit *Geschichten unserer Leser*, das ich für ihn aufbewahren sollte, damit seine Mutter es nicht beim Putzen fände. Das war nur eine Ausrede, ich glaube, er wollte, dass ich es las, und das tat ich natürlich auch, ich erinnere mich an die Geschichte von zwei Geschwistern, zwölf und dreizehn Jahre alt, und deren Onkel, ich weiß noch, damals beim Lesen fand ich es ganz normal, dass die Kinder Lust hatten, bei allem mitzumachen, was der Onkel wollte, rammelte wie ein Karnickel, stand dort, daran erinnere ich mich, rammeln Kaninchen? Über dreißig Jahre später besuchte ich Jørgen in Oslo im Gefängnis, und als er nach Ende der Besuchszeit wieder abgeführt wurde, sah ich, wie er sich gegen die Leibesvisitation wehrte und wütend wurde, obwohl er wusste, dass sie es tun würden, er hatte es mir gesagt, als wir dort saßen, sie würden ihn ausziehen und alles durchsuchen, auch seinen Anus, für den Fall, dass ich ihm etwas gegeben hatte, Drogen, er saß wegen tausend verschiedener Sachen, aber irgendwie ging es immer um alles, was explodieren konnte, was genau er nahm, weiß ich nicht, Speed, Kokain, nur dass er dünn war wie ein Streichholz und ständig wie unter Strom, selbst dort, eingesperrt. Ein paar Jahre zuvor hatte er mir etwas geschickt, das ich für ihn aufbewahren sollte, er war Glasbläser geworden und hatte eine gelbe Kanne geblasen, die ein kreisrundes Loch als Griff hatte, und zwei gelbe Stielgläser, das fröhlichste

Gelb, das es gibt, die schickte er mir, und ich habe sie noch immer in Oslo im Keller, und ich weiß nicht, wo Jørgen jetzt ist, nur, dass eines Tages, als ich einundzwanzig war und den Sommer über in Tana jobbte, ein riesiger Strauß dunkelroter Rosen an meiner Tür hing, ich studierte damals Psychologie und hatte einen Ferienjob in der psychiatrischen Abteilung, wo mein Vater einmal Pflegeleiter gewesen war, und an dem Blumenstrauß war keine Karte angebracht, kein Gruß, nichts, und wir hatten uns mehrere Jahre nicht mehr gesehen, aber ich wusste sofort, die Rosen waren von Jørgen.

Welche Lieben sind wir zu leben bestimmt?

Ist es so, dass wir im anderen etwas wiedererkennen, das Schönste, und dann der andere (erkannt, gefunden!) möchte, dass wir das Gesehene bewahren? Eine mundgeblasene Kanne, das Zarteste, nimm es, halte es, birg es für mich – damit es nicht verloren geht, nicht zerbricht? Damit etwas gerettet wird, damit ich nicht auch noch *mich selbst* zerstöre?

Judith darf das Kaninchen halten. Sie ist überrascht von dem dünnen Bauch, es fühlt sich an, als wäre das Wesen in ihrer Hand völlig offen.

Danach gehen sie zurück, hinauf zu den Wohnwagen. Das Licht steht tiefer. Sie möchte Matt etwas fragen, aber sie weiß nicht mehr, was. Sie fühlt eine tiefe Dankbarkeit, als hätte er ein wenig auf sie aufgepasst. Hat es einen Namen, fragt sie schließlich. Was?, fragt Matt. Das Kaninchen, sagt Judith, Wie heißt es? Er blickt sie an, sieht beinahe wütend aus, sie versteht nicht. Kleiner Pfeil, sagt er, aber dann ändert sich etwas in ihm, und er lässt es zu, es wirkt wie eine Entscheidung, er entscheidet sich oder er wagt es, sich ihr zu zeigen, und dann lächelt er, zum ersten Mal lächelt er, und seine Augen sind so sanft und sie bekommt Lust, mit dem Finger über das Sanfte in ihm zu streichen, und streckt die Hand aus, und da sagt er, wenn sie den Bus kriegen wolle, müsse sie sich beeilen, und da hat er recht, er zeigt in Richtung Busstation, und Judith sagt danke, Danke dir, Matt. Wofür?, ruft er ihr nach, während sie losläuft.

II

Ich sitze am Esstisch im Wohnzimmer und schreibe. Seit L tot ist, sitze ich hier und nicht mehr im Arbeitszimmer. Drüben an der Wand steht sein Klavier, daneben das große Porträt, das er von mir gemalt und mir zum Geburtstag geschenkt hat. Vor mir liegen die Bücher, die ich gerade lese und die eine Art Landschaft rund um den Roman erschaffen, ich habe sie ausgebreitet, damit ich sie sehen kann. Ich sitze am Tischende, und wenn ich den Blick hebe, sehe ich geradeaus aus dem Fenster. Die Wohnung liegt im siebten Stock. Unterhalb verläuft die große Straße und dahinter das Kanalbecken, zu den Häusern auf der anderen Seite ist es ein gutes Stück. Darüber kann ich bis in weite Ferne die Dächer sehen, zwei Kirchtürme, abends läuten die Glocken.

Es gibt so vieles, was ich weiß und kann und dennoch nicht verstehe (über M und mich), schreibt Enquist in seinem Roman *Gestürzter Engel*, den ich gerade wieder einmal gelesen habe. Ich weiß nicht, wie oft ich ihn schon gelesen habe, und jetzt noch einmal, weil es mir so schwerfällt, in diesen Roman hineinzufinden, in das, was ich hier schreibe. Zuletzt habe ich den kleinen Text verfasst, der während Ls Krankheit entstand und zu einem Buch wurde, und seit seinem Tod habe ich nichts mehr geschrieben, bis auf einen Essay über Tarjei Vesaas' *Frühlingsnacht* nach einer Schreibpause von zwei Jahren, und was mir damals in die Gänge half, war Enquists *Buch der Gleichnisse*, das ich zu Weihnachten geschenkt bekommen hatte. In der letzten Zeit habe ich *Zum Leuchtturm* noch einmal gelesen, nach Ostern werde ich in Bergen in einer Bibliothek im Rahmen einer Podiumsdiskussion über Virginia Woolf sprechen, im Augenblick lese ich noch einmal *Mrs. Dalloway*, ich habe ihre fließende, wirbelnde Prosa immer so sehr bewundert, es ist, als wäre der Text ein Blatt in einem Fluss, nicht unähnlich der Art, wie Christina Hesselholdt schreibt, irgendwie scheinen sie miteinander verwandt zu sein, meine beiden aristokratischen Freundinnen, aber als ich in Oslo *Gestürzter Engel* aus dem Regal nahm und auf dem Flug zurück nach Mailand las, begriff ich, dass ich, ja, Woolf wunderbar finde, mich jedoch mit Enquists Prosa wirklich identifiziere. Schon immer. Denn in mir ist keine bildgewaltige Prosa wie die einer Woolf oder Hesselholdt. Meine Worte fühlen sich viel konkreter an, handfester, sie sind Existenzfragmente (um es mit Birgitta Trotzig zu sagen), ich benutze sie, um etwas herauszufinden, dessen ich mir noch nicht bewusst bin. Und das Gleiche empfinde ich bei Enquists Sprache, als wäre sie ein Ort, wo ich Fragen stellen und nach dem suchen kann, was sich wie das Allerwichtigste, nein, das einzig wirklich Wichtige anfühlt. Zum ersten Mal las ich *Gestürzter Engel* etwa ein Jahr vor Beginn meines Studiums an der Autorenschule in Bø, wo ich meinen ersten Roman schrieb, etwa ein Jahr, bevor ich ahnte, dass ich überhaupt jemals schreiben würde, mein Fotografiedozent an der Uni hatte darüber gesprochen, das war 1992 und das Buch erst vor Kurzem erschienen. Und ich, die so viel Duras gelesen und sie für meine Seelenverwandte gehalten hatte, für mich fühlte sich Enquist noch näher an, noch tiefer. *Gestürzter Engel* mit seinen sich aneinander reibenden Bildern, ganz ohne vermittelnde Übergänge oder Erklärungen, Pinon und Maria, das Monster in der Höhle mit seiner Geliebten auf der Stirn, der Junge, der zwei Mädchen getötet hat, und die Stille in den frühen

Morgenstunden, die das Jetzt des Romans bilden, der Nebel vor dem Fenster und der Vogel, der übers Wasser gleitet. Und was für ein verzweifelter Text es ist, geschrieben von einem derart schutzlosen, fast schon aufgegebenen oder übergebenen Posten, das habe ich all die Male, als ich den Roman gelesen habe, nicht verstanden. Er hatte mich ergriffen, immer, aber die Verzweiflung darin fasse ich erst jetzt.

Es ist früher Nachmittag, die Sonne steht tiefer, das gelbe Licht fällt vom Fenster über meinen Tisch, ich stehe auf und lasse die Jalousien herunter.

Judith sitzt mit einer Decke über den Beinen im Wohnzimmer des grünen Hauses auf dem Sofa, überall liegt Staub, das sieht sie, wie wärs mit einer Runde Staubsaugen und ein wenig Staubwischen, hallo, und die Fenster erst, aber sie tut es nicht, bleibt sitzen, wartet.

Vor ihr auf dem Tisch liegen die Fotos, die Matts Mutter von Myrto gemacht hat. Sie wünschte, sie hätten einander mehr gesagt, wären nicht so still gewesen. Aber als Myrto noch da war, hatte es sich nicht notwendig angefühlt, viel zu sagen, als sagten sie einander mehr, wenn sie gemeinsam still waren, sie erinnert sich an die Art, wie sein Blick sie streicheln und etwas in ihr öffnen konnte, und schon war alles gut gewesen. Was gab es in einem solchen Augenblick zu sagen? Aber jetzt ist er nicht mehr da und kann sie nicht mehr ansehen, und sie denkt, hätten wir etwas gesagt, hätte ich jetzt etwas, woran ich mich erinnern könnte. Dann könnten seine Worte bei mir sein, jetzt, wo er fort ist. Aber sie weiß nicht, ob das eigentlich etwas verändern würde. Was würde sie mit den Worten machen?

Die Fotos sind von einer Probe, Myrto dirigiert, wie schön er ist, der Ausdruck in seinem Gesicht ist so deutlich, so intensiv, die Verschiebungen von einem Bild zum anderen, wie er mit der Musik mitströmt und schäumend weiter wirbelt, die ganze Zeit präsent, im Hier und Jetzt. Wie fremd, denkt Judith. Sie wünschte, sie könnte die Sehnsucht im Herzen schlagen spüren, aber das tut sie nicht, die Nähe, die sie geteilt haben, sie fühlt sie nicht mehr, spürt nicht mehr, dass dieser Mann auf den Bildern mit seiner brennenden Energie einmal ihrer war, ihr Mann, dass sie im Innersten zusammengehört haben. Fühlt es nicht. Was sie einander gewesen sind, wie sie morgens in ihr Kopfkissen weinen konnte und er sie dann einfach nur ansah, neben ihr lag, die Hände unter der Wange, und nichts sagte, einfach da war, mit ihr. Und sein Blick, wie er alles darin verlieren konnte, vor allem, wenn er Musik machte, den Glauben an die Welt und sich selbst verlieren konnte, und sie sah es, und in diesen Momenten konnte sie ihn anlächeln und sehen, dass es half, dass ihr Lächeln ihm half und ihre Augen ein Vorsprung in der Felswand sein durften, an dem er sich festhalten konnte. Wo ist das alles hin, denkt Judith, es ist zu Staub geworden, auch das, denkt sie, es staubt in mir.

Wer bin ich jetzt, was soll ich jetzt leben, denkt Judith, sie weiß es nicht.

//

Papa schreibt mir aus Oslo, er verfolgt den Krieg in der Ukraine und schreibt mir fast täglich, um mich auf den neuesten Stand zu bringen, und dass er Hoffnung haben möchte, schreibt er, er halte es nicht aus, nicht zu hoffen, deshalb schaue er Frauenfußball, das sei das Einzige, was ihn auf andere Gedanken bringe, aber heute schreibt er: *Dass mich jemand liebte – ich hätte alles zurückgegeben – »stirb auch ohne Zagen« – in Realität wäre ich nicht in der Lage gewesen zu begreifen, dass jemand mich lieb hat – denn ich bin nicht – liebenswert – gewesen – alles spielte sich in einer Fantasiewelt ab – aber für die Person, die mich »lieb« gehabt hätte, hätte ich alles getan – langsam dämmert es mir, dass du immer wieder versucht hast, auszudrücken, dass ich einen gewissen Wert für dich habe – aber dass ich Angst habe, das zu realisieren – ich weiß nicht, wie eine liebenswerte Person sich verhält – aber trotz allem bin ich jemand, der das Leben rund um sich liebt, und der es gut meint – in den Bergen fühle ich mich sicher und froh – gute Gedanken an dich und Hoffnung für die Ukraine.*

Wert, geliebt zu werden, meint er. Und *Angst, das zu realisieren* – Papa, ich war doch dein Kind.

Ist es der erneute Verlust, der uns Angst macht, oder der Zustand des Offenseins an sich? Den Liebesort in sich geöffnet zu haben: das Gefühl des Ausgeliefertseins, der Gefahr, wenn es ganz offen ist bis ins Innere? Denn das *bist du*. Dieser Ort. Das ist das Allerwertvollste, was du hast. Und wenn dieses Allerwertvollste achtlos behandelt wird.

Verletzt wird. Ein abschätziger Blick reicht schon. Mit offenen Armen ins Messer der Verachtung zu laufen. Der Hieb. Tödlich. Zerbrochen. Dieses Gefühl, dass *du* es bist, die zerbricht. Der Mensch, der du bist. Wenn Offenheit bedeutet, splitternackt auf dem Boden umherzuzappeln, ein hysterisches Baby, das keinen Boden unter sich spürt. Ist es dann besser, nichts zu haben. Nichts zu bekommen. Nichts zu öffnen, niemals.

Aber ein ganzes Leben zu leben, ohne?

Die Abende mit Albinoni aus der Stereoanlage und Selbstgebranntem in der Tasse und ich im Bett eine Etage darunter, die Brüder in ihren Betten in den Zimmern nebenan, daliegen und lauschen, seine Stimme, die härter wurde, die nicht verstummte und schließlich wütend wurde, und dann die Geräusche klatschender Schläge, Schläge und Tritte und Die-Treppe-hinunter-gestoßen-werden zum Schlafzimmer, und am Ende schliefen sie immer miteinander, und das konnte ich genauso wenig verstehen: was Sex mit alldem zu tun hatte, was so wehtat, aber es gab niemanden, der es mir erklärte, und auch niemanden, den ich hätte fragen können.

Aber jetzt, für die Person in mir, die sich abends besinnungslos trinkt, ist das Gefährliche zu etwas anderem geworden und zu mehr, gewissermaßen außerhalb von allem, bodenlos, unerreichbar für jede Erklärung. Und wie gut verstehe ich doch Clarissa Dalloway, wenn sie denkt *Sogar jetzt, und recht oft, wenn Richard nicht die Times lesend bei ihr gewesen war, sodass sie sich wie ein Vogel hinkauern und allmählich ins Leben zurückkehren, dieses maßlose Entzücken aufflammen lassen konnte, Holz an Holz reibend, ein Ding am andern, hätte sie vergehen müssen.* Und ich denke an Judith, dass Myrto das für sie gewesen sein muss, sein Körper im Raum, das Wissen, dass es ihn irgendwo auf der Welt gab, beim Mittagessen oder bei der Probe im Auditorium, und bald, es würde nicht mehr lange dauern und er würde die Tür aufschließen, im Flur das Licht einschalten, und noch ehe er den Mantel aufgehängt oder die Schuhe ausgezogen hatte, würde er die Treppe heraufkommen und auf der obersten Stufe stehen bleiben und sie dort an der Nähmaschine betrachten, sie ansehen, mit seinem Himmel und Sternen in den Augen, und Hallo sagen.

Zu meinem achtzehnten Geburtstag bekam ich von Papa Kierkegaards *Gesammelte Werke* geschenkt, in einem Schuber mit fünf verschiedenfarbigen Taschenbüchern, erschienen bei Gyldendal Dänemark, die Seiten vergilbt, seine Schrift, die Schrift einer Person, die viel mit der Hand geschrieben hat und vor dem Krieg geboren wurde: Alles Gute zum 18. Geburtstag – von Vater, dieselbe Widmung, die ich in seiner Bibel, die er zum achtzehnten Geburtstag von Großvater bekommen hat, gesehen habe – von *Vater und Mutter*, eine Bibel mit weichem Ledereinband und Goldschnitt, die ihn sein Leben lang begleitet hat, bei jedem Umzug, bis dorthin, wo er jetzt wohnt, am oberen Ende des Kirkeveien. Und er hat nicht viel Kierkegaard gelesen, Papa ist Legastheniker, und trotzdem ist Kierkegaard für ihn ein Gebirge, und Løgstrup, *die Verantwortung*, und auch ich habe nicht viel Kierkegaard gelesen, aber *Die Krankheit zum Tode* schon, und Marguerite Duras' Buch mit demselben Titel, und für mich umkreisen beide Bücher dasselbe Thema, nämlich die Unfähigkeit zu lieben, Kierkegaard spricht vom Verhältnis zu Gott, aber ich denke, das ist ein und dasselbe, wenn du liebst, ist in deiner Liebe Gott, ob du willst oder nicht. In Duras' Buch wird eine Frau von einem Mann dafür bezahlt, sechzehn Tage lang mit ihm in einem Hotelzimmer zu verbringen, er möchte, dass sie ihn lehrt, zu lieben. Ich meine mich zu erinnern, dass er krank ist und sterben wird, ganz gleich, ob er nun zu lieben lernt oder nicht, und der Text ist durchzogen von einem Unterton wartenden Todes.

Ich muss wieder nach Oslo, werde nur eine Nacht dort sein und habe mit Papa abgemacht, dass ich direkt vom Flughafen zu ihm komme und wir zusammen ein wenig Nachrichten schauen, und eines Morgens schreibt er: Soll ich am Dienstag ein paar Garnelen auftauen, damit du eine Kleinigkeit zu essen hast?

In *Kapitän Nemos Bibliothek* schreibt Enquist über zwei Jungen, die am selben Tag geboren und nach der Geburt vertauscht werden und im Alter von sechs Jahren zurückgetauscht werden sollen. Der Ich-Erzähler hat sechs Jahre lang in einem Bett geschlafen, an dessen Kopfende sich Bläschen im Lack gebildet haben, und abends im Dunkeln, und in der hellen Sommernacht, werden diese Bläschen zu Tieren, lebendigen Tieren, die auf ihn aufpassen und sprechen können, und die er verstehen kann. Als er ausgetauscht wird, sind am Kopfende des neuen Bettes keine Tiere. Er denkt an die Tiere, die zurückgeblieben sind. Wer wird sich um sie kümmern, wenn er nicht mehr da ist?

Das Mädchen, das ich gewesen bin: keine Lackbläschentiere, nur eine gewöhnliche English-Setter-Hündin, die jeden Abend zu mir kam und neben meinem Bett lag. Dort war ihr Platz, wir gehörten zusammen, aber vielleicht hatte sie genauso viel Angst wie ich.

Ms Welt hat Ähnlichkeiten mit jener, die ich vor seiner Geburt um mich hatte, Angeln und Natur, und es ist, als wäre er mit seinen Motorrädern zusammengewachsen, so wie in meiner Kindheit in Tana vor jedem Haus Schneemobile standen. Papas Kote auf der Hochebene, von einem alten Sámi, der krank war und kurz darauf starb, hatte er eine handgeschriebene Urkunde mit seinem Namen darauf bekommen, die Sámi-Koten haben keine Besitzer, sie sollen für alle da sein, aber eine Kote zu verwalten, sie instand zu halten, sichert einem bestimmte Rechte für motorisierte Fortbewegung und Fischerei, ich glaube nicht, dass meinem Vater irgendetwas davon wichtig war, ihm ging es um einen geheimen, verborgenen Ort, für den er Verantwortung trug und der sich wie sein Eigen anfühlen konnte. *Wenn die Russen kommen*, sagte er zu meinen Brüdern und mir, als wir mit unseren mit schulterlangen Mückennetzen versehenen Camouflagehüten herumliefen, als wären wir im Krieg, mit Rucksack und Angeln, und weiter vorn der weiße Hund, der kreuz und quer über die Heide schoss, es waren die Achtziger, als die Sowjetunion noch existierte, mit Gorbatschow, *I hope the Russians love their children too,* und niemand ahnte damals, dass eines Tages ein Putin kommen und es tatsächlich passieren würde: dass die Russen in ein anderes Land einmarschieren würden. *Wenn die Russen kommen*, sagte Papa, *dann kommen wir hierher*. Dann bleiben wir den ganzen Winter hier.

Dieses *Wenn*. Kein *Falls*. Dass Papa so überzeugt war, unumstößlich, dass der Krieg kommen würde, es gab kein Entrinnen, kein Versteck, es gab keinen sicheren Ort, nirgends.

Den ganzen Winter. Das Endlose. Der Schnee. Allein in diesem Weiß zu sein, für immer.

Zugleich: Die Natur war so deutlich. Die Linien auf der Karte so lang gestreckt und klar. Die Kote ein so kraftvoller Ort. Die große Ebene, als Zehnjährige darüber zu laufen und zu wissen, das war das letzte Stück des langen Weges, unsere Rucksäcke polterten und der Wind wehte, sonst wäre der Himmel schwarz vor Mücken gewesen, wir liefen bis zum Rand. Wir blieben stehen: vor uns die Talsenke, dort unten am kleinen See lag versteckt zwischen den Zwergbirken die Kote. Das graue Band des Flusses, der auf der anderen Seite eine Schleife machte, einen Ring um die Kote, tief und schmal dort, wo es Lachse gab und Forellen und Auerhühner, wenn man am Ufer stand, boten die Bäume Schatten, die Äste hingen übers Wasser und wie ähnlich dieses Bild doch war, wie unfassbar präsent in mir, tausend Jahre später, als ich mit L auf Fahrrädern auf den schmalen Uferpfaden des Mekongdeltas mit eingezogenen Köpfen unter dem tropischen Buschwerk hindurchfuhr, und dann rannten wir hinunter, meine Brüder und ich, und die Füße kannten den Weg zwischen Wurzeln und Gestrüpp, und die Talsenke mit der Kote schien wie von Hand in die Landschaft gegraben, ausgehoben und glattgedrückt, um hinter der Kote einen Wall zu erschaffen, sodass wir dort windgeschützt und sicher waren.

Sicher?

Judith fährt mit dem Rad durch die Straßen bis zum Wald und weiter auf dem breiten Pfad, sieht Jogger, Spaziergänger, einen Mann mit blauem Kinderwagen. Am See schließt sie ihr Fahrrad an einen Baum an und geht über die Wiese zum Steg. Sie geht hinaus bis zum Ende, dann kniet sie sich hin wie auf einem Betstuhl und blickt hinunter.

Die Bewegung des Wassers und das Glitzern des Lichts, als wäre jede kleine Wellenmulde eine Hand, die etwas für sie bereithält, dann wechselt es seine Form, hält etwas anderes, Neues, wechselt und wechselt. Die Leichtigkeit in diesem Wechsel, so viele Möglichkeiten, Myrto zu denken.

In Mailand gibt es eine kleine Kirche, in die ich häufig gehe, sie liegt am großen Kanal, auf der Seite, wo der Fußweg verläuft, San Cristoforo, ungefähr zwanzig Gehminuten von meinem Haus entfernt. Sie ist den ganzen Tag geöffnet, und obwohl am Kanal viele Leute unterwegs sind, ist die Kirche fast immer leer. Sie stammt aus dem vierzehnten Jahrhundert, und immer noch kann man Reste von Fresken aus dieser Zeit, oder zumindest von vor sehr langer Zeit, besichtigen, sanfte Erdtöne und gedämpftes Licht, und aus einem Lautsprecher kommt ein Loop mit gregorianischen Chorälen. Ich ging hin, als L krank war, und tue es immer noch, es ist ein schöner Spaziergang, an der langen Wasserlinie denkt es sich leicht, und dann gehe ich hinein und suche mir im hinteren Teil der Kirche einen Platz, es gibt nur sieben Bankreihen, der Altar ist ein alter Schleifstein auf einer Eisenkonstruktion, darüber ein weißes Tuch, und kaum sitze ich, es passiert fast jedes Mal, ohne dass ich es vorher weiß, fange ich an zu weinen.

Einmal, es war in der Zeit, als L krank war, habe ich in einem Messenger-Chat einer Freundin geschrieben, ich hätte eine Kirche, in die ich zum Weinen ging, aber nachdem ich die Nachricht abgeschickt hatte, sah ich, dass ich sie versehentlich nicht an die Freundin, sondern an den Gruppenchat mit meinen Eltern geschickt hatte, und spürte sofort, dass es falsch war, ihnen von dieser Kirche und meinem Weinen zu erzählen, es war zu intim, aber jetzt war es nun mal geschehen, und damals konnte man Messenger-Nachrichten noch nicht zurückrufen. Also kopierte ich die Nachricht und schickte sie an meine Freundin, und sie sah sie und antwortete sofort, Wichtig, einen solchen Ort zu haben, und etwas wie Das freut mich für dich! Weder von Mama noch von Papa kam eine Antwort.

Aus dem Bücherregal in Oslo ziehe ich Enquists *Ein anderes Leben* und nehme es mit. Schon am Anfang: wie es für Enquist eine Welt außerhalb gab. Außerhalb von Haus und Heim, eine Welt, der er sich zugehörig, verbunden fühlt, von der er erzählen kann. Die Erzählung hängt mit einer Dorfgemeinschaft zusammen, die größer ist als seine Kernfamilie. Für mich war es anders. Alles außerhalb von zu Hause war nichts anderes als austauschbare Kulisse, ohne eigentliche Bedeutung. Nicht weil das, was zu Hause geschah, so wichtig gewesen wäre, sondern weil es so gefährlich war.

Es war immer gefährlich. Worin bestand die Gefahr?

War es die Verachtung in Papas Augen, wenn ich etwas Falsches sagte, wenn meine Brüder etwas Falsches sagten, oder Mama. Wenn der Tonfall nicht richtig gewählt war, sodass das Gesagte *gegen* Papa gerichtet schien oder gegen das, wofür er stand oder das, was richtig und gut war. Die Unmöglichkeit, zwischen Richtig und Falsch zu unterscheiden, man konnte es nicht wissen, ehe es geschehen war, und dann war es nicht mehr rückgängig zu machen. War es falsch, rasch und eifrig zu antworten, oder eher still zu sein, sich nicht in den Vordergrund zu drängen, nicht »sozial« zu sein? Astrid Lindgren war richtig, Anne-Catharina Vestly war falsch. Der Existenzialismus war richtig. Die Bibel.

Die Gefahr lauerte unter allen Dingen. Die Gefahr war das Eigentliche, und trotzdem konnten wir nicht darüber reden. Mussten so tun, als gäbe es die Gefahr nicht.

Wir konnten keine Allianzen bilden, meine Brüder und ich, konnten es uns nicht leisten, wir waren Söldner im Dienst unseres eigenen Überlebens, illoyal, ohne Verbundenheit zu etwas anderem als einfach nur durchzukommen, bis zur nächsten Stunde, zum nächsten Augenblick.

Warum ist es so gefährlich, wenn Papa wütend wird?

Kann ich jetzt fragen, da ich dreiundfünfzig bin und Papa ein kleiner, magerer siebenundachtzigjähriger Greis, der auf Zehenspitzen durchs Zimmer trippelt.

Warum bebt die Angst noch immer in meinem erwachsenen Körper, wenn es doch vierzig Jahre her ist, dass ich in jenem Bett lag und die Schläge hörte und die Tritte und Würde es heute passieren?, Mama tot und Papa im Gefängnis, die Brüder und Pflegefamilien und Würde ich den Hund behalten dürfen?

Das rote Buch, in dem Protokoll geführt wird, wenn wir Familienrat halten, einmal pro Woche, zweimal, meine Brüder und ich wechseln uns beim Schreiben ab, wir machen einen Plan, was wir zu Abend essen möchten, Pfannkuchen und gebratene Forelle, und die Brüder machen den Abwasch Dienstag und Donnerstag, und ich putze Bad und Klo, und PFANNKUCHEN und Forelle und Abwasch sind die Wörter an der Oberfläche, darunter steht *Ich hab solche Angst ich hab solche Angst ich hab solche Angst*, und dann geht es los, etwas steigt auf in Papas Stimme und Mama sitzt einfach nur da und auf einmal rinnen die Tränen über die Wangen meines kleinen Bruders und Papa sagt Krokodilstränen und das Harte wächst in seiner Stimme und in meinem Kopf erklingt der Ton, der mich fortträgt, durchs Fenster hinaus zu den Linien und dem Licht und dem Fluss, den wir nicht sehen können, der aber da liegt wie eine Spur, ein Strich, der unaufhörlich auf das Meer zufließt.

Kein Ton kommt, um mich fortzutragen, ich sitze die ganze Zeit dort auf dem Stuhl, schaue unaufhörlich auf Papa, denn ich bin Ronja und Krümel, ich bin sein Kind und er braucht mich, Papa, so gefährlich er auch sein mag, braucht er dennoch alles, was ich bin. Und das kann ich jetzt schreiben, aber damals habe ich natürlich nicht so gedacht, ich weiß nicht, was ich damals gedacht habe, ich dachte nicht, ich *war* nur. Allein inmitten der Gefahr.

Als Soziologiestudentin an der Uni hatte ich anfangs Schwierigkeiten, das Studium ernst zu nehmen: Es war so friedlich, all die Begriffe, die man einfach lernen musste. Auch Papa hatte an unserem runden Tisch über Soziologie gesprochen, aber das war anders gewesen, damals hatte ich nicht auf die Begriffe gehorcht, sondern auf Papa, seine Stimme, darauf, was er eigentlich sagte. Das Wichtige war immer etwas anderes. An der Uni: Da musste es doch mehr geben. Etwas Verborgenes. Noch heute: Wie ich vor Schreck zusammenzucke, wenn ich morgens auf dem Weg ins Fitnessstudio mit der Trainingsmatte unterm Arm die Treppe runterkomme und der ägyptische Pförtner mir aus dem Innenhof, wo er den Boden fegt, *Ciao cara* nachruft und ich einen Satz nach vorn mache.

Als hätte die Begegnung mit Matt bereits im Winter stattgefunden. Lange bevor er mit den Fotos an ihrer Tür geklingelt hatte. In jenem Winter, in dem Judith allein im grünen Haus umherging wie eine kleine Gestalt, nicht größer als eine Puppe, durch die Zimmer, und die gigantischen Proportionen, die Deckenhöhe und die riesigen Fenster, die Erker, das ozeanartige Sofa, die Teppiche, und der Weg vom Wohnzimmer bis zum Küchentisch. Als wäre sie nur ein Kind, das allein durchs Haus geistert. Sonst ist niemand da. Niemand kommt. Ein schwaches, graues Licht dringt von den Fenstern herein, stärker dort, wo die Sonne ist, im Lauf des Tages bewegt es sich. Was ist Matt in all diesen Dingen, schon damals? Genau dies, das Leichte, Schwache, Sanfte. Das fast Unsichtbare. Judith blickt hinaus auf das Rasenstück vor dem Haus, es hat geschneit. Wie still der Schnee ist. Und irgendwo in alldem gibt es Matt bereits.

Als es dann passiert, ganz konkret: der Anruf aus dem Auditorium, und sie zieht sich eine leichte Jacke an und die Schuhe, und das Telefonladegerät nimmt sie mit, wickelt das Kabel um die Finger und dreht das Kabelende um das Bündel, damit es besser in die Jackentasche passt, versucht sich vorzustellen, was sie sehen wird, aber es kommen nur Bilder aus Filmen, Rettungsbahren auf Rädern und rotierende rote Signalleuchten in der Nacht, aber es ist nicht Nacht, es ist Nachmittag, kurz vor vier, und sie überlegt, ob sie ein Buch mitnehmen soll, sie weiß sogar noch welches: *What Artists Wear* von Charlie Porter, in das Buch lässt es sich leicht ein- und wieder aussteigen, denkt sie, mit diesem Buch kann sie sowohl bei Myrto sein als auch bei sich selbst. Ob sie sonst noch etwas mitnehmen soll? Als würde sie sich auf eine lange Reise machen, vielleicht etwas zu essen – zugleich: ihre Bewegungen, die nicht schnell genug sein können – mit sieben Meter langen Händen, die vom Flur bis in die Küche und in den Kühlschrank reichen, nimm einen Joghurt mit, einen Löffel? Nein, Judith, los jetzt. Und dann zur Tür hinaus, als Nächstes erinnert sie sich daran, wie sie unter den Bäumen die Straße entlanggeht und nicht weiß, ob sie abgeschlossen hat, aber jetzt gibt es kein Zurück mehr, nur noch ein Vorwärts unter den hohen Bäumen, und zwischen allen Dingen ist Luft, Luft zwischen ihren Gedanken und dem, was darunter liegt, nämlich dass Myrto ins United Hospital eingeliefert wurde, es ergibt keinen Sinn, sie bekommt keinen Kontakt. Sehr schnell geht sie auf dem amerikanischen Bürgersteig mit Gras und Grün, Dayton, die schöne Dayton, denkt Judith, Judith! Wie kannst du hier entlanglaufen und dich an den Bäumen erfreuen, wo doch deinem Mann gerade etwas widerfahren ist, das vielleicht alles für immer verändern wird. Sie versucht, die Dramatik zu spüren, aber es gelingt ihr nicht, sie spürt nichts, nur eine Art Spannung, Action.

Als sie zur Kathedrale kommt, ist es vorbei mit Action, die Stadt öffnet sich Richtung Downtown, und die Bäume bieten ihr keinen Schutz mehr, es gibt keine Bäume, nur noch die Hochhäuser da unten in der Ferne, und alles fühlt sich roh an, wie mit der flachen Hand in eine offene Wunde zu fassen, sie biegt nach rechts ab und durchquert die Unterführung, über ihr der Highway, das Dröhnen und dann ist sie beim Krankenhaus angekommen, *My husband*?, fragt sie in der Aufnahme und ein glatzköpfiger Schwarzer in hellvioletter Uniform kommt auf sie zu und lächelt nicht, sagt nur *Come with me*, und das tut sie, folgt ihm in den Aufzug und hinauf und wieder hinaus und den Korridor hinunter, um die Ecke und durch eine Tür, und dann steht sie vor Myrtos Bett.

//

Emma Cooper hat eine Netflix-Doku über Marilyn Monroe gedreht und das Erste, was man zu hören bekommt, ist Marilyn selbst, etwas Weiches liegt über ihren Worten, und dieses Weiche ist *die Stimme*, Marilyn Monroes Stimme, die etwas Weiches über ihre Worte legt, damit sie in den Ohren der Zuhörer nicht zu spitz oder hart werden, und *warum war es notwendig* für Marilyn, so zu reden, ihre Worte mit mildernder Stimme hinauszusenden, einer Stimme, die sagt: Ich will dir nicht wehtun. Hier gibt es nichts, was wehtut.

In einem späteren Abschnitt spricht sie über ihre Kindheit: Glücklichsein war nichts, was ich erwartete. Sie lebte in zehn verschiedenen Pflegefamilien, ehe sie für zwei Jahre in ein Kinderheim und dann zu einem Vormund kam, ihre psychisch kranke Mutter verbrachte den Großteil ihres Lebens nach Marilyns Geburt in psychiatrischen Einrichtungen. Bei ihrer Ankunft im Kinderheim soll Marilyn gesagt haben: Ich bin kein Waisenkind. Jedes Mal, wenn eine Frau vorbeikam, sagte sie: Da ist eine Mama. Bei jedem Mann: Da ist ein Vater. Neun Monate lang ist Marilyn mit dem Baseballstar Joe DiMaggio verheiratet, er schlägt sie in einem Hotelzimmer während der Dreharbeiten zu dem Film, in dem ihr Rock durch den Luftstrom aus einem New Yorker Lüftungsschacht in die Höhe geweht wird, worauf in ganz Amerika Bilder ihrer nackten Oberschenkel hängen, da schlägt er sie, und sie soll um Hilfe gerufen haben, *Aber die Wände waren so dick, wir haben nichts gehört*, sagt die Frau, Hatte sie kein blaues Auge, fragt der

Reporter, Nein, sagt sie, es war mehr auf den Schultern und Oberarmen, sie wurde geschminkt, und dann wurde weitergedreht.

DiMaggio mit der großen Dreiecksnase, und das war das einzige Mal, dass Marilyn weinte, oder nein, es war kein Weinen, aber es war in ihren Augen sichtbar, bei der Pressekonferenz mit den ganzen Fotografen und Mikrofonen, als die Scheidung bekanntgegeben wurde.

He understood some things about me. And I understood some things about him, sagt Marilyn. Was verstanden sie? Welche ihrer Wunden fügten sich in die seinen, fügten sich und klebten und rieben aneinander, was erkannten sie ineinander, das nur sie beide wissen konnten?

Und dann stehen wir vor der Person, die wir lieben, was auch immer das bedeuten mag, der Person, in der wir uns wiedererkennen, doch was passiert, wenn in diesem Augenblick das Erwachsene von uns abfällt und auf einmal ein Kind vor uns steht, ein Kind im anderen, in uns selbst, und wir diesem Kind nicht helfen können, denn in dir wie in mir ist das Kind nur ein Kind, und was tun wir dann. Was können wir dann tun.

Im Film wird dargelegt, Marilyn habe nicht besonders viele Freunde gehabt, *I like people but I don't have many friends*, es scheint, als wäre sie wie ein Schmetterling zwischen den Menschen hin und her geflattert, ihr letzter Psychiater (im Film werden seine Frau, sein Sohn und seine Tochter interviewt, er selbst starb nicht lange nach Marilyn) meinte, sie müsse ein Gefühl der Zugehörigkeit lernen, und im Rahmen der Therapie versuchte er, sie in seine Familie einzugliedern, lud sie zu sich ein, sie lernte seine Familie kennen, und seine Familie sowie alle anderen im Film Interviewten scheinen sie gemocht zu haben, alle reden von ihr mit solcher Wärme, es ist die weiche Schicht in ihrer Stimme, das Licht in ihr, das schon aus den Kinderfotos strahlt, den Schwarz-Weiß-Fotos der pummeligen kleinen lächelnden Marilyn, denn lächeln, das tut sie, sie lächelt schon als winzig kleines Kind, egal, wie sehr *Glücklichsein nichts war, was ich erwartete.*

Der Abschnitt mit *wenn es Nachmittag wird und er vor dem Konzert Pause hat und manchmal lagen sie dann auf dem Sofa, jeder in seiner Ecke, sodass sie einander sehen konnten, als würden sie von etwas Sanftem gehalten, als wäre da eine Hand, die sie beide hielt.*

Das ist viel später, schon fast am Ende. Wie hängt diese Stelle hiermit zusammen: *Nach diesem Tag, dem Geburtstag, wurde dieser Punkt zu etwas, das sie zu meiden versuchte*? Den Zorn meiden, den Schwachpunkt im anderen, wie ein Moorloch, wo der Fuß im feuchten Moos versinkt, ohne Halt zu finden, vermeiden, den Fuß dorthin zu setzen, wo man den Schwachpunkt des anderen erahnt? Wie sicher ist dann das Sichere? Gibt es irgendwo wirkliche Ruhe und Sicherheit?

M nimmt mich mit zum Mont Blanc, wir fahren mit der Seilbahn hoch und spazieren da oben herum wie auf dem Mond, aber das Wichtige ist nicht das spektakuläre Schaukeln in der Luft, das Wichtige ist etwas anderes, fast Unmerkliches, nämlich dass M in einem kleinen Bergdorf eine Seitenstraße hochfährt und vor einem grauen Steinhaus hält, sich vorbeugt, zum Haus hinaufblickt und sagt: hier.

Als hätte er mir alles bereits erzählt, aber das hat er nicht, vielleicht in Gedanken, aber nicht mir, ich weiß nicht, wo wir sind. Was denn, hier?, frage ich. Hier habe ich gewohnt, sagt er, bei den Alten, als ich klein war, sagt er. Wir steigen aus und über den niedrigen Zaun, gehen den Hügel hinauf zu dem kleinen Gartenfleck, die Fensterläden sind geschlossen, niemand ist zu Hause. Ich versuche, es mir vorzustellen, die Mutter unten an der Straße, sie steigt in ein Auto und winkt, und der kleine Junge oben im Gras. Wir gehen zurück. Er fährt ein Stück weiter, hält neben einem Feld. Er lässt den Hund raus, wir gehen an einer Schranke vorbei und auf einem Kiesweg bergauf, die Sonne scheint. Wir sagen nichts, M raucht, er blickt mich von der Seite an, lächelt freundlich und jungenhaft. Nach einer Weile drehen wir um. Plötzlich will er mit mir schlafen, Wir machen's im Auto, sagt er, wir machen es nie im Auto. Wir gehen zurück, klappen den Vordersitz nach hinten, und dann setze ich mich auf ihn und halte ihn, während er mich fickt, während er sich an mich klammert und gar nicht tief genug eindringen kann, mich nicht fest genug halten kann, niemals.

II

Kommst du mit zum Fluss, fragt Matt Dillmann, seine Hand dort auf den Zweigen

//

Allmählich grünt es an den Bäumen, Judith geht die Dayton Avenue hinunter in Richtung Zentrum und betrachtet die Auffahrten, die geparkten Autos, wie es wohl sein mag, von hier zu sein, denkt sie, Amerika, wenn all dies das Eigentliche, Ursprüngliche ist und nicht etwas, das man zuerst aus Filmen kennt.

Ein Freund, der nach seiner letzten Beziehung gewisse Zeit in einem Krisencenter verbracht hat, schickt mir eine Videonachricht, ich schaue sie mir an, während Judith spazieren geht, er ist in Norwegen, und ich sehe, dass er mit der einen Hand einen Kinderwagen vor sich her rollt, während er in die Kamera redet, Großvatertag, er ist winzig klein im Facetime-Fenster, wie in Pipilotti Rists Installation mit den Handtaschen, die auf Sockeln im Raum verteilt sind, und wenn man sich einer Tasche nähert und hineinschaut, sieht man eine kleine Kugel, und darin eine Frau, die mit einem spricht, flüsternd oder leise, sodass man sich noch weiter hinabbeugen muss, sie erzählt irgendetwas, ich erinnere mich nicht mehr an die Worte, nur an das Gefühl, ein Gefühl der Einweihung, des Geheimnisses.

Vor der Kathedrale, wo die Bäume aufhören und der Hang abfällt, bleibt Judith stehen.

Überall ist es so offen.

Offen, auch in ihr. Leer. Wo bist du, Myrto, fragt sie in sich hinein. Nichts. Was nun?

Mit Myrto ist sie alt geworden. Als sie ihn kennenlernte, war ihre Regel gerade dabei, sich zu verabschieden, mit Myrto hat sie im schweißdurchnässten Pyjama beim Morgenkaffee auf dem Sofa gesessen, plötzlich war er ganz nass, und noch ein Jahr später, sie erinnert sich, wie ihre Haut dünner wurde, ihre Haare. Während der vier Jahre mit Myrto ist sie aufs Altwerden zugesteuert. Und dann ist Myrto einfach verschwunden, und jetzt ist sie – und sie kann nicht einmal das Wort »geschleudert« benutzen – hierher herausgeschleudert worden, allein, in den ersten Teil ihres Altseins – denn es war kein Schleudern, geschleudert zu werden hat eine Richtung, aber das hier hat keine Richtung, keine Kraft, sie wurde einfach nur fallen gelassen. Das – was es auch sein mag – Leben? hat sie losgelassen, wie eine Hand, die sie erst gehalten und sich dann einfach geöffnet hat. Plötzlich, wie Däumelinchen ist sie aus ihrer Blume gefallen und befindet sich auf einmal im fernen, großen Amerika, und das von einem WIR vorangetriebene Leben, das sie mit Myrto gelebt hat, gibt es nicht mehr. Gibt es einfach nicht. Es schmerzt in ihren Handflächen, wenn sie daran denkt, als hätten ihre Hände etwas gehalten, das jetzt nicht mehr da ist.

Aber auch dies: dass sie es einfach nicht weiß. Nicht weiß, was hätte passieren sollen. Hat zu nichts Kraft. Nähen? Was denn? In die Stadt gehen? Wozu? Wieder hinauf? *So what.*

Ich muss an *Twilight* denken, den Vampirfilm, den meine Tochter als Vierzehn- oder Fünfzehnjährige gesehen hat, ich habe mitgeschaut, mich neben sie aufs Bett gelegt und zugesehen, wie sich die Figuren verwandeln und im Bruchteil einer Sekunde durch die Luft bewegen konnten, die ernsten, blassen Gesichter, Edward, der Vampir, und Bella, die Mensch ist, er mit dem Königsnamen und sie mit dem Nachnamen Swan, ein Name, von dem selbst in den tiefsten nordamerikanischen Wäldern noch Proust nachhallt, und es sind der Ernst, die Kraft und die Geschwindigkeit, die mich jetzt an diesen Film denken lassen, denn Edward und Bella lieben sich so sehr, und doch liegt so viel Tod in ihrer Verbindung: Bellas Blut kann Edward am Leben erhalten, aber wenn er ihr Blut trinkt, muss sie sterben. Das ist wirklicher Ernst. Sie erwecken einander zu intensivstem Leben, und sind zugleich lebensgefährlich.

Bella wacht mitten in der Nacht auf, und Edward IST einfach da. Was, wenn es so wäre. Wenn Judith einfach dastünde, dort auf dem Bürgersteig stehen bliebe, vor ihr der Abhang und die Skyline von Minneapolis und der Mississippi, der dort unten dahinfließt, und plötzlich wäre Myrto da, neben ihr. Nur für einen Augenblick. Dass er sie ansieht, dass sie einander sehen, er streicht ihr über den Arm. *Hab keine Angst.* Sagt er das? Ist das die Botschaft, die er bringt, bevor er auf einmal wieder fort ist, verschwunden in einer anderen Zeitschicht als der, die wir für wirklich halten?

Hab keine Angst.

Vielleicht ist das Liebe?

Kein heulender Werwolf nähert sich Judith auf dem Bürgersteig, kein Vampir, nicht mal ein stinknormaler Klempner, aber plötzlich hört sie jemanden Hallo sagen, und als sie sich umdreht, ist es Matt, der mit dem Umschlag und dem Trailerpark, Hallo, sagt sie, bist du's? Hallo, sagt er noch einmal und lächelt, die Augen wie blaue Schlitze aus

Gold, es ist, als wären sie zwei tapsige Teenager, aber Teenager gibt es hier nur einen, sie ist dreißig Jahre älter, Hallo, wiederholt auch Judith, hallo.

Matt kommt zum Orgelspielen in die Kathedrale, er nimmt Unterricht beim Kantor und darf nachmittags üben, wenn nichts stattfindet, er fragt, ob sie mit hineinkommen möchte. Und so begleitet ihn Judith in die Kathedrale, begrüßt den Kantor, und es stellt sich heraus, dass er Myrto vom Namen her gekannt hat, er spricht ihr sein Beileid aus. Sie setzt sich in die Mitte des Kirchenschiffs, es ist riesig und kurz darauf dröhnt die Orgel los und sie sitzt da und lässt den Klang durch sich hindurchdröhnen, den Klang, den dieser zierliche Jungenkörper erzeugt, und sie spürt es an der Unterseite der Oberschenkel, wie die Bank weicher wird, sie denkt an Matts Rücken und seinen Hals, so dünn und klar auf dem Weg über den Rasen vor dem Haus zum Auto, königlich.

M hat keine Ahnung von klassischer Musik, weiß auch nicht, wer Roald Dahl ist, den L übersetzt hat, *Matilda* oder *Hexen hexen* oder *Charlie und die Schokoladenfabrik*, auch *Mio, mein Mio* hat er noch nicht gelesen, und wenn wir miteinander reden, kommt es mir häufig so vor, als hinge die Sprache für ihn nicht wirklich mit den Dingen zusammen, und während ich versuche, durch die Worte etwas zu begreifen, etwas endlich *benennen zu können, wie es ist*, wirkt es oft so, als würde er die Worte mehr oder weniger gedankenlos von einem Baum herunterpflücken, ohne genauer hinzusehen.

Zugleich gibt es niemanden, der so ehrlich oder so präzise sein kann, wie M. Wenn er etwas wirklich fühlt, sagt er es, ohne nachzudenken, dann IST es einfach, und dann trifft er es genau. Wie die Sache mit dem Trinken. Denn es ist wahr, dass ich abends viel getrunken habe. Es fing an, als ich den Professor kennenlernte, im Herbst, als meine Tochter siebzehn wurde, damals fing ich an, mich auf eine Art und Weise zu betrinken, die neu war, ich *verlor mich selbst* oder ließ mich verlieren oder ließ los oder wie auch immer man es ausdrücken möchte, zuvor hatte ich das nicht getan, nie.

Auch die Art, wie ich mich in den Professor verliebte, war neu. Oder nein, das stimmt nicht ganz, ein Jahr vor dem Professor hatte ich mich in einen argentinischen Schriftsteller verliebt, wir lernten uns auf der Pariser Buchmesse kennen, aber nach den fünf Tagen flog er zurück nach Buenos Aires und ich sah ihn nie wieder. In ihn war ich auf eine kranke, matte Art und Weise verliebt gewesen, die, wie ich später begriff, sehr viel mit mir und sehr wenig mit ihm zu tun hatte, den ich ja kaum kannte, aber ob es mir nun bewusst war oder nicht, ich war dermaßen verliebt, dass ich in einem fort weinte und mich langsam auf Spanisch durch seinen dicken Roman arbeitete, den ich, wie ich heute gestehen muss, nicht mal gut fand, und ich schrieb ihm E-Mails und er antwortete nicht, nur ein einziges Mal und das in Rage, denn er meinte, ich hätte etwas darüber geschrieben, *wie er sei* und das verbat er sich, und auch wenn ich es wirklich nicht so gemeint hatte, konnte ich ja schlecht noch eine Nachricht hinterherschicken, um mich zu erklären.

Später habe ich das Ganze als eine Art Frühlingserwachen in mir interpretiert, diese Verliebtheit, in gewisser Weise hatte es sich sicher angefühlt, mich jemandem hinzugeben, der am anderen Ende der Welt lebte und immer schlief, wenn ich wach war, und dem ich in einem körperlichen Alltag der Wirklichkeit niemals, niemals würde begegnen, noch auf ihn würde reagieren müssen. Alles konnte sich in meinem Inneren abspielen, dem Ort, wo ich vermutlich ohnehin den größten Teil meines Lebens verbracht habe, ich betrachtete das kleine Foto auf den Einbänden seiner Bücher, die ich mir von seinem spanischen Verlag nach Oslo schicken ließ, das zerzauste Haar und die schiefen Zähne, als wäre er ebenso schön und klug und sensibel und gut wie Papa auf den Bildern in unserer Schuhschachtel.

Ein Jahr später war dann der Professor an der Reihe, und er war Norweger und zog nach einer Weile nach Oslo, nur ein paar Minuten von mir entfernt, und somit wurde das Ganze sehr wohl körperlich möglich, wenn auch niemals wirklich, und so blieb auch diese Beziehung eine in meinem Inneren. In ihn war ich jedenfalls wahnsinnig verliebt, und ich glaube, es geschah in diesem Abstand, dem Abstand zwischen dem Wirklichen und dem Ersehnten, dass ich anfing zu trinken. Ich öffnete mich der Sehnsucht danach, empfangen und gehalten zu werden, und das Trinken war eine Art und Weise, den Schmerz darüber, dass es nicht dazu kam, zu betäuben oder zu mildern. Oder eigentlich weiß ich es nicht recht. Trinken, um nicht zu fühlen, welches Gefühl auch immer es sein mochte? Was ich weiß, ist jedenfalls, dass ich mich jeden Abend betrank.

Und dann ist er einfach GESTORBEN?, denkt Judith, während sie dort in der Kathedrale sitzt und Matt Dillmann an der Orgel zuhört, die Musik schnürt ihr die Kehle zusammen und presst sie gegen die Wand, sie kann kaum atmen, es gibt kein Entkommen davor, *dass er einfach nicht mehr da ist.*

Und dann, in den leisen Partien, in denen die Musik sich nicht aufdrängt, sondern beinahe loslässt, kaum noch zu hören ist, ist die Nähe am stärksten, das Dünne, ganz Leichte, eine Berührung, die fast keine ist, so ist es für sie auch mit dem Orgasmus, er kommt nicht im Harten, Hitzigen, sondern im Loslassen, im Atemholen, dann verdichtet sich das Gefühl und wird unerträglich.

//

Ich will gerade mit der Trainingsmatte die Treppe hinauf, da öffnet sich die Fahrstuhltür und ich drehe mich um und sehe Ms Eltern herauskommen, die Mutter mit einer Tüte in der Hand, geschminkt, wie schön sie ist, wir sind fast im gleichen Alter, und dann der Vater, oder Stiefvater, rot-blondes schütteres Haar, weit über siebzig und feist wie eine vollgestopfte Wurst, er kommt hinter ihr heraus, und ich spüre, wie sich in meinen Oberarmen alles zusammenzieht, einen Tag zuvor habe ich ihn vor dem Haus getroffen und dasselbe erlebt, ich weiß nicht, was es ist, es ist einfach die Art, wie er sich *anfühlt,* und es ist kein gutes Gefühl, Unzufriedenheit oder ist es Verachtung, zusammengepresst, eine berstende, schäumende Wut, und Camilla sagt, sie habe mehrmals beobachtet, wie er auf der Straße auf fremde Leute losging, wenn jemand falsch geparkt hatte oder zu scharf abbog und er gerade in der Nähe war, egal was, sagt Camilla, fremde Leute, sie schüttelt den Kopf. M hat mir erzählt, sein Stiefvater habe ihn mit einer Ledergerte geschlagen, als er klein war, ich weiß nicht, wie alt er war, als es anfing, aber M sagt, es habe aufgehört, als er vierzehn oder fünfzehn war, da habe er sich einmal umgedreht und Stopp gesagt, und Das ist schrecklich, sage ich, allein daran zu denken tut weh, ich sehe den kleinen M vor mir und den Vater, der mit der Gerte über ihm steht, aber M meint, er habe es gebraucht, er sei ein Rotzbengel gewesen, und hätten seine Eltern ihm keine Grenzen gesetzt und ihn zurechtgewiesen, hätte es richtig übel für ihn ausgehen können, Denn ich bin nicht nur nett, sagt M und schaut mich an.

Und Großmutter hat Papa geschlagen, als er klein war, hinter der Scheune in Ørsta, mit Birkenreisig, dann hieß es Hose runter und über den Hauklotz, und das Pferd schaute zu, sagte Papa, und dann schlug sie drauflos. Papa hat mir erzählt, er sei lange auf sie wütend gewesen, viele Jahre lang, aber dann hätten sie sich ausgesprochen, sich versöhnt. Großmutter starb, als ich vier war. Es gibt nur wenige Bilder von ihr, aber ich habe eines vom Wohnzimmer im ersten Stock in Ørsta, wo sie im Alter mit Großvater lebte, mein Onkel hatte den Hof übernommen und wohnte mit meiner Tante und allen Cousins unten im Erdgeschoss, Großmutter sitzt am Tisch, Krankenschwester und Missionarin und Gemeinderatsmitglied, Alleinversorgerin über all die Jahre, schon vor dem Krieg und noch Jahre danach, während Großvater in einem japanischen Gefangenenlager in China saß, sie allein mit dem Bauernhof und Papa und seinen Geschwistern, sie waren zu acht, das neunte Kind starb früh, und Papa war der Zweitjüngste, und ihn hat sie geschlagen, nur ihn.

Am Ende, erzählt Papa, hätten seine Geschwister der Großmutter gesagt, sie müsse damit aufhören, und daraufhin habe sie aufgehört. Wie alt war er damals? Das Sausen der Birkenzweige, die Hose unten, und dann die Schläge und Papas Weinen und *Heul nicht*, sagt Großmutter.

Großmutter oben im ersten Stock am Tisch, die Härte in ihren Augen, ich schaue nur kurz hin, wenn ich das Bild in die Hand nehme.

Wie kann man im Vorhinein wissen, ob jemand zuschlagen wird, fragt der Dozent, es geht um wissenschaftliche Methoden im Grundlagenmodul Philosophie, ein schmaler und überfüllter Seminarraum im Eilert-Sundt-Gebäude. Niemand antwortet, die Stille und die Spannung in der Luft, oder ist sie in mir, das ist die einzige Frage, an die ich mich aus meiner gesamten Studienzeit erinnere, und schließlich hebe ich die Hand und sage, *Wenn man selbst geschlagen wurde,* und ich erinnere mich an seinen Blick und die Verwunderung darin, oder vielleicht ist es so, dass ich in diesem Augenblick für ihn sichtbar werde, Ja, sagt er. Ja. Und wo habe ich dieses Wissen wohl her, ich habe mich verraten, und zugleich ist es, als gäbe es auf einmal eine plötzliche und unbewusste Verbindung zwischen uns, zwischen all jenen, die wissen, wie es ist, in einem solchen Zuhause aufzuwachsen, eine Verbindung zwischen uns dort in diesem Raum, für einen Augenblick, ich weiß nicht, wer die anderen sind, aber ich weiß, dass es sie gibt, und genau in diesem Moment blicken wir gemeinsam auf das, was deutlich und klar vor uns liegt, voller Angst, stumm und leuchtend.

Ein paar Tage frei, M und ich wollen in den Süden, wo Ms Familie ein Haus hat. Dort war ich noch nie, aber jedes Mal, wenn M dort ist, ist er glücklich, es gibt steinige Felder und verbrannte Bäume, die Olivenernte, den Strand, an dem er angelt, groß und offen und verlassen, so glücklich wie mein Vater, wenn wir in meiner Kindheit in den Bergen waren, frei und leicht und weit weg von allem, was belastet und beschwert und hinunterzieht.

Dort wollen wir hin, doch der Abend vor der Abreise wird zum Fiasko, jedes Mal dasselbe: Ich trinke, M wird wütend und ich bekomme Angst. Beginnt es so? Oder hat es eigentlich schon begonnen, indem es gar nicht erst aufgehört hat, da sich die Angst seit dem letzten Mal nicht gelegt hat und ich trinke, weil ich jetzt schon und immer noch Angst habe? Und dann: mit dem Helm auf dem Kopf nach Hause radeln, durch die dunklen Straßen den Kanal entlang, rein ins Haus, hoch die Treppe, Tür hinter mir abschließen und wieder allein sein, ganz allein, und sicher.

Ein paar Tage vergehen, und er macht einen neuen Plan, diesmal kürzer, keine so lange Reise, drei Nächte in Rom, dort bin ich kaum gewesen, und dorthin will er mich mitnehmen, wo es ja nun mit dem Süden nicht geklappt hat, und dann wieder der Abend vor der Abreise, es ist Dienstag, und am Mittwochmorgen wollen wir in aller Frühe losfahren, uns um sechs Uhr ins Auto setzen.

Warte auf M, sitze mit einer Freundin bei einem Glas Wein in einem Straßencafé, es ist einer der ersten sonnigen Frühlingsabende, schon vorher habe ich zu Hause ein Bier getrunken, wir sitzen im Freien, und aus einem Glas werden plötzlich drei, und als sich M gegen neun Uhr meldet, gehe ich nach Hause, um meine Sachen zu holen, alles, was ich gepackt und vorbereitet habe, Klamotten und eine Papiertüte mit Prosecco und Wein für die Ferienwohnung, die er gemietet hat, und dann klingelt er unten, ich steige mit allem in den Aufzug, fahre hinunter und gehe hinaus auf die Straße, und M kommt um die Ecke und streckt die Hand nach meiner Tasche aus, er schaut mich nicht an, lächelt nicht, es ist nicht einmal eine Woche her, seit ich das letzte Mal nach Hause geradelt bin und mein Körper ist seither nicht wieder weich geworden, und auf einmal reißt die Papiertüte mit den Flaschen und ich sehe Camilla und ihren Freund auf der anderen Straßenseite aufs Haus zukommen, und um zu verhindern, dass die Flaschen auf den Boden fallen, lasse ich mich hinuntergleiten und bleibe mit der Tüte auf dem Schoß auf dem Bürgersteig sitzen, als auf einmal M vom Auto zurückkommt, er sieht mich dort sitzen und er sieht auch Camilla und ihren Freund, er nimmt die kaputte Tüte, streckt die Hand aus und hilft mir auf, sein Gesicht ist hart, ich lächle und winke Camilla zu, aber dann sind wir bereits um die Ecke und sitzen im Auto und fahren los, und er sagt nichts, starrt geradeaus, und das ist der Abend vor unserer Romreise und jetzt das, und es wird auch nicht besser, als wir die Sachen in seine Wohnung tragen, die Reisetasche und die Flaschen und die Sachen, die ich aus dem Kühlschrank mitgebracht habe, ich gehe zur Küchenzeile, und M setzt sich mit dem Laptop auf das Sofa, um vor dem Schlafengehen ein Angebot fertig zu schreiben, ich sehe ihn von der Küche aus und schenke mir Wein aus der Flasche ein, die ich offen mitgebracht habe, fange an, Zucchini zu schneiden, denn ich habe nichts gegessen, und alles tut so weh, so weh, dort zu sein, M ist so wütend und das macht mir solche Angst, aber er sagt nichts, und so bin ich einfach mitten in dieser Angst, sie hat keinen Anfang, liegt einfach die ganze Zeit vor mir, und der Induktionsherd hat eine Kindersicherung, normalerweise muss man einfach auf das Sperrsymbol drücken, aber ich drücke und drücke und es löst sich nicht, schließlich nehme ich den Pfefferstreuer und will ihn gegen die Wand schleudern, aber er trifft die Kochplatte, nicht fest, ich will doch nichts zerbrechen, aber ich werfe, und warum tue ich das, normalerweise werfe ich nicht mit Dingen um mich, da steht M vom Sofa auf und kommt auf mich zu und drückt auf das Sperrsymbol, und es löst sich sofort, er geht zurück und setzt sich wieder, und ich weiß nicht, wer von uns beiden etwas sagt, aber durch das Werfen hat die Spannung endlich einen Riss bekommen, und M sieht mich an, wütender als ich ihn jemals gesehen habe, dann sagt er Wütend? Willst du mich wütend sehen? Er sagt es mehrmals, seine Stimme wird lauter, härter: Willst du mich wirklich, wirklich wütend sehen?, und allein vom Schreiben darüber bekomme ich steife Oberschenkel, bis hinunter zu den Schienbeinen, völlig steif, Da, endlich ist es raus, jetzt kommt es, davor habe ich Angst gehabt, und jetzt fließt es auf mich zu, strömt und fällt, und ich habe solche Angst, aber jetzt ist es deutlich geworden, alles, seine ganze Wut, die nie heraus- und an mich herangekommen ist, sodass ich nie wusste, was ich tun oder sagen sollte, es gab nichts, worauf ich reagieren konnte, aber das hier, das ist deutlich, und jetzt, dieses Mal, diese Angst ist größer als jemals zuvor, und jetzt reagiere ich, raffe meine Sachen zusammen, habe schon den Pyjama an, aber das kann mir jetzt egal sein, ich will einfach nur weg, weg und niemals wiederkommen, ich raffe und packe und bin seltsam klar im Kopf, ich hole meine Sportkleidung von oben und das Make-up, von dem ich ein zusätzliches Set gekauft und es in sein Badezimmer gestellt habe, alles, aber ich habe kein Fahrrad, denn er hat mich mit dem Auto abgeholt, weil wir doch wegfahren wollten, und da steht er vom Sofa auf und sagt, Ich fahre dich, und dann tut er es wirklich, ich ziehe mir die Jacke über den Schlafanzug, wir tragen all meine Sachen zum Auto, und dann fährt er mich nach Hause und hilft mir, die Sachen ins Foyer zu bringen, ehe er sich umdreht und weg ist, ich mit dem Aufzug nach oben, hinein und die Tür abschließen und dann bin ich allein, ganz allein, wieder zu Hause.

Es hört nicht auf, *mich wütend sehen, willst du wirklich*, als wäre es schon längst geschehen, als wäre die Wut bereits überall, Papa oben im Wohnzimmer und Mama die Treppe hinunter und er sitzt auf ihr, die Hände an ihrem Hals, eine andere Schicht, völlig nackt, und ich weiß nicht, was eigentlich vor sich geht, was ist jetzt, was ist wirklich.

Mitten in alldem haben wir gestritten, er will keine Frau, die sich auf den Bürgersteig setzt, ich sage, Camilla sei meine Freundin und dass es ihr völlig schnurz sei, wo ich mich hinsetze, Es geht nicht um Camilla, sagt M, Ach nein, du willst wohl nicht, dass ich es vor dem Haus deiner *fucking Familie* mache, sage ich, er hat ihnen immer noch nichts über uns erzählt, immer noch läuft er die Treppen hinunter und zur Tür hinaus, wenn er bei seiner Tante gegessen hat und danach zu mir kommt, Ja, du hättest wohl lieber eine solche Frau, sage ich, wie die in deinen Videos, denn einmal hat er mir ein Video gezeigt, das ihm die Mutter einer Freundin geschickt hat, die Freundin mit riesigen Bikini-Boobs im Jacuzzi, sie prostet ihm im schäumenden Wasser zu wie irgendein Callgirl, er hat mir erzählt, er finde sie so schön, dass er von ihr fantasiert habe, vor langer Zeit einmal, eine albanische Braut mit aufgespritzten Lippen und langen Nägeln, und wenn ich nicht getrunken und keine Angst habe, liegt dieses Video ziemlich ruhig in mir an einem Platz für Dinge, die weit unter meiner Würde liegen, Hallo, wenn er wirklich ein dreißigjähriges Püppchen haben will, das mit seinem ganzen Plastik seinen Schwanz steif kriegt, dann ist das für mich Off-Piste und jenseits von allem, was ich bin und möchte, jenseits von allem, womit ich verglichen werden möchte, Hau einfach ab, hörst du, HAU AB, das denke ich, wenn ich nicht gerade so ungeheure Angst habe, wenn ich nicht getrunken habe, wenn ich nicht so unendlich traurig darüber bin, dass in alldem nichts Gutes liegt, nirgends.

Denn auch wenn er siebzehn Jahre jünger ist, war diese Reise denn nicht gewissermaßen *unser* Projekt, wollten *wir* nicht etwas Gemeinsames unternehmen, früh aufstehen und nach Rom fahren?

Aber dann denke ich an all die Dinge, die tiefer liegen, in ihm wie in mir, die schon eine ganze Weile vor sich gehen und die ich allmählich immer deutlicher wahrnehme, etwa, dass er nach seinem Hund tritt, nicht fest, aber doch oft, als wäre es lustig, eine Art Spiel, aber es ist nicht lustig, und sie verkriecht sich, warum tut er das, wo er sie doch so sehr liebt, er hat sie seit zwölf Jahren und tut alles Mögliche, damit es ihr gut geht, weil er frühmorgens zur Arbeit fährt, bezahlt er jemanden, der tagsüber mit ihr Gassi geht, nein, es ist nicht lustig, und ich habe Angst vor ihm, und zwar schon lange, das wird mir klar, als ich an die letzte Zeit zurückdenke, und dass ich mich nun schon eine ganze Weile nicht mehr darauf freue, mit ihm zusammen zu sein.

Am nächsten Tag, der Romaufenthalt ist abgesagt. M ruft an und möchte vorbeikommen. Ich spüre, wie sich meine Oberschenkel versteifen, meine Waden, ich weiß nicht, ob ich mich traue, ihn ins Haus zu lassen, sehe alles in Trümmern vor mir, die Möbel, er wird mich schlagen, soll ich vorschlagen, uns irgendwo außerhalb zu treffen? Er könne nur eine Stunde bleiben, warum sagt er das, ich weiß, dass er nicht zur Arbeit muss, er muss nirgends hin, endlich hat er sich ein paar Tage freigenommen, und alle wissen Bescheid. Und dann kommt er, der schmale Jungenkörper zur Tür herein, der glatte, große Kopf, die Brille, er hat die Schuhe dabei, die ich bei ihm vergessen habe, und das MDMA, wir wollten es eigentlich zusammen in seinem Haus vor dem Kamin nehmen, aber dann ist aus dem Haus im Süden nichts geworden und aus Rom ebenso wenig, und als er anrief, dachte ich, ich würde ihn nie wieder sehen, also sagte ich, dass ich die Kristalle gern zurückhätte, um allein eine Reise damit zu machen, irgendwann.

Er hat sie abgewogen und in kleine flache Päckchen aus Alufolie verteilt, jeweils hundert Milligramm, in einem kleinen Schraubglas, ich sehe ihn vor mir, wie er über den Tisch gebeugt auf dem Sofa sitzt und die Kristalle abwiegt und verteilt, einpackt und zusammenfaltet, er reicht mir das Glas mit gestrecktem Arm und abgewandtem Blick. Er setzt sich auf den Lehnstuhl, von dort bis zum Sofa ist es so weit, also ziehe ich mir einen Schemel heran und setze mich näher zu ihm, vor ihn, und dann redet er drauflos.

Es gehe ums Trinken, sagt er, es sei zu viel und mache alles kaputt, er wolle nicht. Er fängt noch einmal an, noch einmal das Gleiche, ich sage Ja, ich höre, was du sagst, und dann setzt er noch ein drittes Mal an, härter, und ich weiß nicht mehr, was er sagt, wir streiten nicht, nur er allein redet, und ich höre ihm eine Stunde lang zu, ohne etwas zu sagen, er redet und redet, und als er zum Gehen aufsteht, begleite ich ihn in den Flur, und kurz bevor er zur Tür hinausgeht, lehne ich mich vor und umarme ihn, und da umarmt auch er mich, und wir halten einander, und auf einmal spüre ich, dass er zittert. Ein Zittern gegen meine Hand auf seinem Rücken, im Bauch dicht an meinem, als wäre da drinnen etwas Kleines, Ängstliches und so völlig anderes als die Stimme, die gerade noch durchs Wohnzimmer donnerte, wie zerbrechlich es ist, so völlig entblößt an meinem Körper, ehe er sich losreißt und ich seine roten Augen sehe und sein nasses Gesicht, über seine Wangen rinnen Tränen, und er läuft von mir weg, verschwindet um die Ecke, und dann ist er fort.

Hätten wir einander an diesem Nachmittag nicht umarmt, ich hätte ihn vielleicht nie wieder gesehen. Dann wäre es dabei geblieben: *Willst du wirklich.* Aber das hier war etwas anderes, das war sein Körper, in meinen Händen, das *war er*, er, den ich so sehr ins Herz geschlossen habe, von Anfang an, weil es in ihm sichtbar wird, das Verletzliche ganz offen in ihm, wie ein Auge, das sich nicht schließt, wenn man es mit dem Finger berührt, das Feuchte und Flimmernde, das Leben.

II

Ist Myrto in der Musik? Ist er Teil des großen Klangs, im Dröhnen aus der Orgel in der Kathedrale von St. Paul in Minneapolis, wo Judith mit geschlossenen Augen sitzt, während Matt Dillmann spielt und sie ihren eigenen Rand nicht mehr spürt, als hätte sie keine Grenzen, als wäre sie mitten in diesem Klang, der mitunter so stark ist, dass es wehtut, und in diesen Punkten gibt es keine Nuancen und in gewisser Weise auch keinen Klang, nur den von der Kraft des Klangs verursachten Schmerz, keine Melodie, keine Fortsetzung oder Erzählung, und vielleicht, denkt Judith, ist Myrto gerade dort, in jedem einzelnen dieser dröhnenden Punkte, und *warum kommst du dann nicht zu mir, wenn du hier bist*?

Und Myrto kommt. Er kommt hinter dem Altar hervor, kommt in seinem Kaftan und breitet weit die Arme aus, Handflächen nach oben, tritt vor die Kommunionbank und steht mit geschlossenen Augen oberhalb der Treppe, als wartete er auf etwas, lauscht, auf etwas in der Musik oder ein Zeichen, und dann öffnet er die Augen und blickt sie an, ganz friedlich, still und zärtlich, und dann hebt er leicht die Arme, das ist sein Segen, Geh hin in Frieden, *aber ich will nicht gehen*, sagt etwas in Judith, es heult in ihr, es schreit, *Ich will nirgends hin ohne dich*, hörst du, aber Myrto bleibt einfach stehen und Licht umstrahlt ihn, oder kommt es aus ihm, gelb zuerst, dann stärker, orange, und dann rosa, Wellen aus Licht umflirren Judith, ein Glühen und Strömen aus ihm und in sie, und es geht immer weiter und fühlt sich ewig an, aber es ist nicht ewig, denn schon wird es wieder dünner, die Farben verblassen, ziehen sich zurück, und dann ist es nur noch hell, und dann wird das Licht um ihn weiß, und alles wird weiß, und er ist weg.

Myrto, schreit es in Judith. Mein Myrto, Myrto, *Myrto, komm zurück*. Aber er kommt nicht zurück.

Lady, wie sie von allen genannt wird, gespielt von der Italienerin Anna Magnani im Film *The Fugitive Kind* von 1960, verliert zweimal in ihrem Leben einen geliebten Mann in einem Feuer. Zwei Männer, zuerst den Vater, da ist sie noch jung, ihren italienischen Vater, der im Two River County in den Südstaaten einen Wein- und Obstgarten angelegt hat, ein Garten, in dem junge Liebende an Sommerabenden zusammenkommen und der von der Bürgerwehr als Strafe dafür, dass der Vater Alkohol an Schwarze verkauft hat, angezündet wird, und in diesem Feuer, das alles zerstört, kommt der Vater bei einem Löschversuch ums Leben. Und ganz am Ende, als endlich ein anderer Mann aufgetaucht ist, den sie liebt (Marlon Brando, der viel jüngere Gitarre spielende Mann in der Schlangenlederjacke) und von dem sie sogar schwanger ist, endlich wird sie *Frucht tragen*, und dort, in ihrem eigenen Wintergarten, den die beiden gemeinsam gebaut haben, um darin ein Café aufzumachen, kommt auch er in einem Feuer ums Leben, gelegt von Ladys sterbendem Ehemann, der sich ebenfalls als Brandstifter des ersten Feuers im Weingarten herausstellt. (Daraufhin erschießt er Lady mit einer Pistole, und diesmal überlebt auch sie nicht.)

In ihrem Essay *Hållpunkter hösten 1975* schreibt Birgitta Trotzig: »Das große Problem ist erschreckend einfach. Ein kurzes Rennen zwischen Geburt und Tod. Dass die

Menschenwelt eine Liebesgemeinschaft sein sollte. Warum ist sie es nicht?«

Am Anfang von Pasolinis *Mamma Roma* aus dem Jahr 1963 spielt dieselbe Anna Magnani eine ältere Prostituierte, die endlich genügend Geld zusammengespart hat, um am sandigen Stadtrand von Rom eine Wohnung zu kaufen und ihren Sohn zu sich zu holen. Sie hört auf, sich selbst zu verkaufen und verkauft stattdessen Gemüse, sie möchte ihrem Sohn alles geben, alles will sie ihm schenken, ein Grammofon, sogar für ein Motorrad kratzt sie Geld zusammen, und trotzdem geht es nicht gut, und es ist unmöglich zu verstehen, was nicht gut geht, warum kann der Sohn nicht annehmen, dass sie endlich da ist und ihm alles geben möchte, was sie hat, auch ihre Wärme, ihre Hingabe, Nähe, warum ist es nicht genug, und am Ende liegt er festgezurrt auf einer Bahre, eingesperrt, verhaftet, und stirbt, auf dieser Bahre, aufgespannt wie bei einer Kreuzigung.

Das Drehbuch zu *The Fugitive Kind* ist von Tennessee Williams, und an einer Stelle gegen Ende, nicht allzu lang, ehe der Wintergarten in Brand gesetzt wird, erscheint Magnani mit einem Palmsonntagszweig, den sie Marlon überreicht, Der ist gesegnet, sagt sie, und dann rollen die Ereignisse des Films weiter auf die Wiederholung der Gewalt zu, des Brandes, die Wiederholung der Zerstörung dessen, was das neue Leben in sich trägt, das Sanfte, das Mögliche. In *Mamma Roma* ist es kein dezidiertes Christus- oder Maria-Motiv, keine Pietà, aber die Thematik liegt dennoch auf der Hand. Und als Marlene Dumas 2012 für die Ausstellung in der Fondazione Stelline in Mailand ein Bild von Jesu Mutter malen möchte, versucht sie sich an verschiedenen Vorlagen, darunter auch Pasolinis eigene Mutter, die in seinem *Evangelium nach Matthäus* die Mutter Maria spielt, aber Dumas ist nicht zufrieden, etwas stimmt für sie nicht. Erst als sie den Schrei in Anna Magnanis Gesicht malt, in dem Moment, als ihr Sohn Ettore nicht nach Hause kommt und sie begreift, dass er nie wieder nach Hause kommen wird, dieser geliebte eingeborene Sohn, als Dumas diesen Schrei im Gesicht der prostituierten Mutter herbeimalt, wird Maria wirklich.

Alle mochten Marilyn, das Weiche auf ihren Worten, Marilyns Stimme, die etwas darüberlegt und *warum* das? Sagt sie: Schlag nicht zu? Ist es das, was ihre Stimme sagt? Weich als Gegengewicht, als Manöver, als Feuerlöscher, bevor das Harte überhaupt beginnt?

Im Italienischen Kulturinstitut in New York wird Monroe als beste ausländische Schauspielerin der Targa d'Oro del David di Donatello verliehen, und da auch Anna Magnani zur selben Zeit in den USA dreht, fällt ihr die Ehre zu, Monroe den Preis zu überreichen. Die zwei Gesichter nebeneinander, Anna und Marilyn, es ist, als würde Marilyn erst durch Magnanis Ankunft sichtbar, Magnani von der Seite mit tiefen Augenringen, ungeschminkt und in schlichter Kleidung, sie wirkt so *wirklich*, anders als Monroe, die zwar ebenso wirklich ist, aber in einer anderen Wirklichkeit, als wäre Monroe von einer Hülle umgeben, die Magnani nicht hat, Marilyn ist weiß und ihre Frisur sitzt perfekt und ihr Ausschnitt ist tief, und sie lächelt und blinzelt und leckt sich die Lippen, *aber nicht auf eine künstliche Art und Weise*, es wirkt nicht kokett, sondern so, als könnte sie nichts anderes, sie macht es, so gut sie nur kann, oder ist es umgekehrt, und es ist genau das, was sie kann, was sie allzu gut gelernt hat, lange bevor sie überhaupt wusste, dass sie etwas lernte, kleine tapfere Marilyn, zeigte sich der Welt in einer Version, die sowohl sie selbst als auch die Situation, in der sie sich befand, so *unantastbar* wie möglich machte, und lediglich in den Sekunden, wenn die Mikrofone nicht richtig funktionieren und etwas wiederholt werden muss, nur dann kommt etwas anderes zum Vorschein, für einen Augenblick sieht sie verzweifelt aus, oder verloren, als hielte sie sich an einem Skript fest, und schießt das Schiff nicht schnell genug vorwärts, dann verliert sie den Halt und versinkt. Einmal dreht sich Marilyn flüsternd zu Anna Magnani um und fragt, Gerührt, was heißt gerührt auf Italienisch?, und Anna flüstert ihr die Antwort ins Haar, und dann neigt sich Marilyn zum Mikrofon und sagt *Comossa, sono comossa, e grazie*, sagt sie, sie kommt den Italienern in ihrer eigenen Sprache entgegen, und als sie gefragt wird, was der Preis ihr bedeute, sie habe ja so viele Auszeichnungen bekommen, was bedeute eine mehr, aber Marilyn sagt, Der Preis *means a lot to me,* und dass sie hoffe, sich in Zukunft als seiner würdig zu erweisen. Noch einmal die Mikrofone, Probleme, und sie sagt ein zweites Mal dasselbe, auf dieselbe Art und Weise, *means a lot* und seiner würdig erweisen, das hat sie geübt, das soll sie sagen, und dann ist der Filmausschnitt zu Ende, die fünf Komma siebenundzwanzig Minuten aus dem Jahr 1958 auf YouTube.

Vier Jahre später stirbt Marilyn in ihrem Bett in Hollywood, Schlaftabletten, wie ein ewiges Schneewittchen oder Dornröschen implodiert sie und schläft ein, während Anna Magnani Marlon eine runterhaut, weil er sie irgendwie gekränkt hat, ein Missverständnis, aber trotzdem, sie ohrfeigt ihn nicht nur ein-, sondern gleich zweimal, und Mamma Roma brüllt und schreit und heult, während sie von ihrem Gemüsestand weg und nach Hause läuft, zu ihrem gemeinsamen Zuhause, als sie begreift, dass Ettore, ihr Sohn, für sie verloren ist, tot.

Marilyn, in *einer anderen Wirklichkeit.* Wenn du nichts Gutes erwartest, was erwartest du dann? Wenn *Wirklichkeit* Gefahr bedeutet. Wenn Tod darin liegt, die potenzielle Wut im anderen herauszufordern, dann erlaubt man sich nicht, einfach mal auf diesen anderen loszugehen.

In Tana sah ich die Jugend-Dokuserie *Nesten voksen,* »Fast erwachsen«, mit Trond-Viggo im Fernsehen, all die Jugendlichen in einem Kreis auf dem Boden, die *Ich* sagten und etwas damit meinten, und ich dachte, dass Oslo ebendies für mich bedeuten konnte. Und die Filme in der Cinemathek, die französischen Filme der *Nouvelle Vague,* als Sechzehn-, Siebzehnjährige dort zu sitzen und zu sehen, wie sie es konnten, die Französinnen, und mit welcher Selbstverständlichkeit, so einfach: *Nein* sagen. Passt nicht. Will nicht. Was für ein Unsinn, hau ab! Das konnte ich nicht. Hatte es nicht in mir, dieses Nein. Brachte es nicht zuwege.

Liebster Jesu, wir sind hier, heißt das Stück, erklärt ihr Matt später, die kurze Melodie, die Judith gleichsam an der Hand nimmt und sie mit sich nach oben trägt, er bleibt vor ihrer Bankreihe stehen, sie rückt zur Seite und deutet mit der Hand neben sich, Matt nimmt Platz, es ist so still in der Kathedrale, als wären alle Melodien immer noch da, wenn auch unhörbar, er sitzt neben ihr und schaut hinunter, sie beide blicken auf seine Hände, seine Finger, als wäre die Musik immer noch in diesen Händen, Damit Jesus sich an uns erinnert, sagt Matt, nun, wo er nicht mehr auf Erden ist, sich an uns erinnert und uns mit sich nach Hause nimmt.

Und wie viele Male hat sie Myrto nicht am Klavier gehört, oder beim Dirigieren, bei Proben und Konzerten, wie viele Male hat sie nicht versucht, die Musik an sich heran-, in sich einzulassen, so, wie sie es bei ihm gesehen hat. Aber für sie war es eben anders. Er sah Landschaften und Ereignisse, aber sie sah überhaupt nichts, konnte nicht folgen, stattdessen dachte sie an andere Strukturen, an Linien in der Außenwelt, die sich in ihrer Näharbeit widerspiegelten, Dinge, die vielleicht niemand außer ihr sehen konnte. Sie ist nicht rechtzeitig zur Musik gekommen. Erst jetzt, hier, in der Kathedrale lange danach, entfaltet, offenbart sie sich, so einfach und klar.

//

Hätten wir einander an diesem Nachmittag nicht umarmt, ich hätte ihn vielleicht nie wieder gesehen. Jetzt sollten wir eigentlich schon in Rom sein, ich weiß nicht, was ich an diesem Tag tue, oder am Tag darauf, morgens gehe ich zum Training, aber dann? Trinke ich schon zum Mittagessen ein Bier, keine Ahnung, ich weiß nur, dass mein linkes Knie schmerzt, ich friere. Zugleich ist etwas in mir, das *gegen* die Angst spricht. Das, was in ihm gezittert hat, erscheint mir viel wahrer als der wütende Altkluge, der polternd im Lehnstuhl saß. Denn es ist *dieses* Zittern, dieses Beben, mit dem ich, wortlos, in meinem Inneren spreche. Sind wir gemeinsam an diesem Ort, fühle ich, dass es ein Wir gibt. Ich sehe in meinem Notizbuch nach, darin steht nichts über diese Tage, leer – aber ich weiß, dass ich mich bereits am Mittwoch dazu entschließe, am Freitag eine MDMA-Reise zu machen, und ich weiß, es wird um die Angst gehen, ich will dahinterkommen, will nicht darin bleiben.

Ich habe schon einmal MDMA genommen, damals in Anwesenheit eines psychedelischen Therapeuten. Bei einer solchen Sitzung kann die Angst gewissermaßen weichen und es wird mir möglich, innere Bilder auf mich wirken zu lassen, ohne mich vor ihnen verschließen zu müssen. Ich mache alles wie damals mit dem Therapeuten, stelle mir ein Glas Wasser ans Bett, lege mir eine Decke bereit. Die Playlist, die er mir geschickt hat, habe ich aufs iPad geladen, und jetzt löse ich die Kristalle aus einem der glänzenden Päckchen in etwas Wasser auf, trinke, spüle nach, damit nichts im Glas zurückbleibt, der Geschmack ist scharf und bitter. Ich setze mir die Augenmaske und die Kopfhörer auf, liege da und warte. Es dauert so lange. Ich spüre nichts, fange an, an der Dosierung zu zweifeln, ist Ms Waage präzise, in der Folie hat es nach so wenig ausgesehen. Und meinte er nicht, die Freundin eines Kumpels habe einmal fünfhundert Milligramm ganz allein genommen. Nach einer Weile stehe ich auf und nehme noch ein Päckchen. Liege dort, nichts, und dann noch eins. Immer noch keine Wirkung. Schließlich nehme ich noch ein Päckchen, jetzt habe ich vierhundert Milligramm in mich rein geleert und liege auf dem Rücken, mit Augenmaske. In meinem Bauch rührt sich etwas. Ich versuche, es in mir zu halten, aber es geht nicht, plötzlich rinnt es aus mir heraus, über die Wangen den Nacken hinunter aufs Kissen, über den Hals auf die Brust, aber irgendeine Wirkung muss ja doch eingesetzt haben, denn ich bleibe einfach liegen, denke, Das ist nur Wasser, das kann ich später trockenwischen. Jetzt lasse ich es einfach kommen, um den Rest kümmere ich mich später.

Ich mache zwei Aufnahmen, eine um 16:52 Uhr, und eine um 17:15 Uhr. Auch zuvor habe ich schon in den Raum hinaus geredet, ich erinnere mich an meine Stimme und daran, dass es sich gut anfühlte, sie da draußen zu hören anstatt nur in meinem Inneren, aber was ich gesagt habe, weiß ich nicht mehr. Als sich die Reise ihrem Ende zuneigt, nehme ich das Telefon vom Nachttisch und schicke mir selbst Sprachnachrichten.

Danach sitze ich in der Küche und trinke Wasser, und erst denke ich: War das alles, was soll mir das gebracht haben. Meine erste Reise war so überwältigend gewesen, ich hatte *mich* auf eine völlig neue Weise erlebt, als stabil und solide, und alle Männer, die mir Liebe geschenkt hatten, waren vor mir aufgetaucht, einer nach dem anderen, so viel Liebe und Dankbarkeit. Aber jetzt, was sollte das sein, diese vergluckste Reise für mich allein?

Nur ein Bild, seine Wohnung, *Willst du wirklich*. Auf meiner Reise war ich dorthin zurückgekehrt, und plötzlich sah ich: M war ein kleiner, ängstlicher Junge, der jungenhafte Körper, ein Knirps. Und dieser Junge hatte fürchterliche Angst vor der betrunkenen Erwachsenen, die in diesem Bild ich war, die wütende Erwachsene an der Küchenanrichte, die den Gewürzstreuer gegen die Herdplatte schleuderte (weil auch ich fürchterliche Angst hatte). Ich sah seine Angst. Und ich stieß Rufe aus, dort auf dem Bett liegend, *Piccolo*, rief ich, *Piccolo*, und ich krümmte mich zusammen und weinte, heulte, hörte den Schmerz, den ich sah, in meiner eigenen Stimme, hörte meine Stimme voller Schmerz aus Mitleid mit ihm, dem kleinen Jungen, so allein und so voller Angst.

Aus dem Notizbuch: »habe nicht mich gesehen, sondern nur M und seine Angst – und es hat sich angefühlt wie *meine* Angst, *mein* Schmerz.«

Später habe ich darüber nachgedacht, mich selbst gefragt, ob es nicht eine Art Verrat an mir selbst bedeutete, seinen Schmerz so deutlich gesehen zu haben und nicht meinen, die Angst, die *ich* an jenem Abend gefühlt hatte. Aber als ich dort lag und sah, welche Angst er ausstand, kam es mir vor, als wäre mein Mitleid größer als *du oder ich*, es war einfach ein Zustand des Mitleids an sich. Das sich in alle Richtungen wenden konnte. Allem zugrunde liegend, ganz innen, war Mitleid mit ihm, und auch Mitleid mit mir selbst.

Drei Tage später lande ich in Oslo und fahre direkt vom Flughafen zu Papa, er hat die Garnelen aufgetaut, Brot geschnitten, den Wohnzimmertisch vor dem Fernseher gedeckt, Butter und Mayonnaise und Zitrone, und als ich reinkomme, huscht er sofort mit dem Weinglas in die Küche, um es zu füllen. Wir schauen auf allen Sendern Nachrichten aus der Ukraine, die zerbombte niedergebrannte Entbindungsklinik, die Fenster sind dunkle Löcher, als wären diese Löcher der eigentliche Boden der Welt.

Ich erzähle Papa von Ms Wut und meiner Angst, aber es ist, als würde er nicht hören, wie schlimm die Sache für *mich* war. Er sagt, *Du bist stark, das musst du wissen.* Als sähe er Ms Angst deutlicher als meine, *Mama hat Angst vor dir*, sagt er, und dann reden wir über seinen eigenen Zorn, er erzählt von meinem kleinen Bruder, als sie gemeinsam durch einen Fluss wateten, damals kamst du schon nicht mehr mit uns mit, sagt er und sieht mich an, denn irgendwann war ich nicht mehr ins Gebirge mitgekommen, das stimmt, Ich hatte solche Angst vor deiner Wut, sage ich, aber er scheint mich nicht zu hören. Er war nass geworden (der kleine Bruder), und ich machte einen falschen Schritt im Wasser und rutschte aus und verriss mir das Knie, und das tat so weh, und ich wurde so wütend auf ihn, sagt Papa und schüttelt langsam den Kopf, das war weit draußen in der Wildnis. Und Mama, sage ich, arme kleine Mama, denn auch das hatte ich auf meiner Reise am Freitag gesehen, ich hatte ihre Angst gesehen, ihre Angst vor Papa all die Jahre hindurch, ich konnte wirklich spüren, was diese Angst war, und sie hat nach ihm nie wieder einen Mann gefunden, keine Beziehung mehr, nachdem sie auseinanderzogen und sich scheiden ließen, als ich achtzehn war, danach, nichts, aber immer noch sitzt er in seinem eigenen

Schmerz gefangen, Papa, im kleinen Jungen, der er einmal war, er ist siebenundachtzig und bekommt feuchte Augen, er hält inne und sieht mich an und sagt *Arme Mama?* Er schüttelt den Kopf, sitzt kurz still, dann sieht er mich direkt an und sagt fest, als wäre er zugleich verwundert und verärgert: Der Arme war ich.

//

In Minneapolis wusste ich sofort, dass ich über diesen Ort schreiben würde, und als ich später nach Mailand zurückkehrte, all die langen Tage mit L im Krankenhaus, lag ich auf dem blauen Skai-Sofa neben seinem Bett und las Bücher, von denen ich dachte, dass sie relevant sein könnten, dass sie die Landschaft öffnen könnten, die große Weite, die ich zu erahnen meinte, da ich etwas Ähnliches kenne, nämlich die Finnmarksvidda, aber die Vidda ist keine Prärie und die Sámi sind keine Indianer, und ich las und las und wusste nicht, wie ich das in einen Roman einbauen sollte, musste ich zurückreisen, mir ein Auto mieten, durch die Gegend fahren und in Motels übernachten oder vielleicht irgendwo weit draußen in der Wildnis ein Zelt aufschlagen?

Ich begann mit *Where the Dead Sit Talking* von einem Autor mit indianischem Hintergrund, den ich in New York kennengelernt hatte, als wir auf der Shortlist für den National Book Award standen. Als ich das Buch fertig gelesen hatte, schrieb ich ihm eine E-Mail und fragte, wo ich weiterlesen könne, Versuch's mal mit Louise Erdrich, schrieb er. *Books and Islands in Ojibwe Country* ist ein Essay über eine Reise, die Erdrich mit ihrer jüngsten Tochter in eine Seenlandschaft im Norden des Landes unternimmt, wo der Vater des Kindes, ein Ojibwe-Medizinmann, lebt. Und in diesem Wassergebiet, in dem sich Erdrich mit ihrer Tochter aufhält, ist hinter dem Englischen die andere Sprache, Ojibwe, zu hören, so wie in Tana, wo ich aufgewachsen bin, das Sámi hinter dem Norwegischen zu hören ist, eine Schicht von etwas anderem, von mehr, das Wasser unter dem Moos, wenn man über das Moor geht, etwas anderes in allem, und schließlich taucht dieser Medizinmann-Mann auf, und sie verbringen eine Weile zu dritt, ehe er wieder in die Natur zurücksinkt, in einem Kanu davonpaddelt und hinter einer Landzunge verschwindet, und sie ist allein mit dem kleinen Kind, der Tochter, und über allem liegt eine solche Ruhe, sie und das Kind und das Wasser, der heilige Stein und der Tabak, den sie opfern, sich einfach im Abendlicht ausruhen zu können und zu *sein*.

Und ich habe mich so lange gefragt, wie ich dies in den Roman hineinschreiben könnte, ich weiß nichts über Amerika oder die Religion der nordamerikanischen Indianer außer dem Wenigen, was ich mir angelesen habe, ich habe mich angesichts der weiten Prärie so hilflos gefühlt, als könnte ich mich zwar aufmachen und drauflosgehen, würde aber dennoch niemals vom Fleck kommen.

In der ersten Aufnahme, die ich gemacht habe, geht es um den Roman. In allen Aufnahmen geht es um den Roman, nur in einer geht es um M. Ja, beide Reisen haben den Roman in sich getragen, aber das bedeutet nicht, dass ich einfach eine Reise machen kann, um mir den Roman quasi zu *holen*, denke ich, es bedeutet nur, dass der Roman *ich* ist, während ich ihn schreibe, während er entsteht, und dass auch ich mit ihm entstehe, dass der Roman nichts anderes oder Äußeres ist, sondern ein Zugang zu etwas, das ich sonst nicht wissen oder sehen oder erreichen könnte.

In der ersten Aufnahme sage ich: *Il posto del amore è sempre sacro. Anche se è solo uno sguardo, è sempre sacro. Dove c'é amore, c'é sacro. Der Ort der Liebe ist immer heilig.* Für mich war das eine Botschaft hierher, in den Roman, denn ich hatte so viel darüber nachgedacht, wie ich das Heilige in den Roman einweben könnte, sollte ich Matt Dillmanns Mutter zu einer Schamanin machen? Die Myrto getroffen, Myrto gesehen, etwas mit Myrto geteilt hatte, das sie Judith bringen und sie sehen lassen konnte, als eine Art Verbindung zu ihm, jetzt, wo Myrto nicht mehr da war?

Als ich eine halbe Stunde später eine weitere Aufnahme mache, mit dünner Stimme, als leuchtete etwas durch sie hindurch: Wo ist Myrto für Judith? Myrto ist im Wasser, Myrto ist in der Luft, Myrto ist in den Sternen, Myrto ist in allem, in der Natur, Myrto ist im Heiligen, die Liebe zu Myrto ist ein heiliger Ort, die Liebe ist heilig, und er ist in alldem – Judith kann es nur – verstehen – verstehen, dass er nicht nur an einem Ort ist, er ist in allem.

Ich erinnere mich selbst daran, meinen Freund, der dort lebt und den ich gemeinsam mit meiner Verlegerin getroffen und mit dem ich immer noch Kontakt habe, zu fragen, ich darf es nicht vergessen, wie der Sternenhimmel über Minneapolis ist.

Hätten wir einander nicht berührt. Aber wir haben einander berührt, uns umarmt, und ich habe Ms Zittern gespürt, das von einem Ort kam, wo es keine Worte mehr gibt und keinen Sinn, keine Erklärung, und auch keine Verteidigung. Warum konnte ich ihn damals nicht einfach gehen lassen? In meinem Inneren, meine ich, warum konnte ich ihn nicht loslassen, ihn um die Ecke verschwinden lassen und nie, wirklich nie wieder sehen?

//

Was, wenn es Angst ist, die ich spüre, wenn er es zulässt, dass ich ihn halte, ohne sich dabei zu verstecken, sich zurückzuhalten, zu schützen. Seine Angst. Wenn es kein pulsierendes Leben ist, sondern eine Angst, die so stark ist, dass er nicht stillhalten kann?

Piccolo, ich will hinein in dieses Bild und den ängstlichen Jungen hochheben und ihn an mich drücken. Ihn hochheben und ihn nie wieder mit der Gefahr allein lassen.

Und allmählich sehe ich, wie allein er ist, M, im Alltag. Es ist so ruhig um ihn herum, niemand kommt, kein Leben im Haus, die Vorhänge sind zugezogen, der Hund schläft unter dem Tisch in der hintersten Ecke.

Viel früher, im Winter, macht er ein Foto von mir. Am Comer See, wir sind von Samstag bis Sonntag dort, er hat ein Zimmer in einem kleinen Hotel gebucht, eine Ausstellung herausgesucht, die wir besuchen können, und eine Bergwanderung. Auf dem Gipfel mache auch ich ein paar Fotos von ihm, er sitzt draußen auf einer Bank in der Sonne, und ich fotografiere ihn aus dem Café, er schaut auf sein Handy und raucht, denkt nach. Das Foto, das er von mir macht, nur er macht solche Bilder von mir, sieht mich auf diese Weise, wie auf einer anderen Ebene, entblößt, meine Zunge im rechten Mundwinkel, eine gedankenlose Geste, völlig geistesabwesend, und obwohl ich den fotografierenden M direkt anschaue, sieht es nicht so aus, als wäre mir bewusst, dass ich für irgendjemanden sichtbar bin.

Als hätte er etwas in mir gesehen, das eigentlich nicht sichtbar ist. Von dem niemand sonst weiß. Es gibt ein anderes Foto, von einem Jahrmarkt, zusammen mit meinen Brüdern, wir sitzen auf einem Karussell, der kleine Bruder verschwommen im Hintergrund, der große in der Mitte auf einer Lokomotive, und ich ganz vorne anscheinend auf einem Schiff, denn ich halte ein rotes Ruder, vermutlich am Nationalfeiertag, denn wir sind festlich gekleidet, ich trage eine Art *Bunad*, und auch auf diesem Foto, das nur Papa gemacht haben kann, denn es war Papa, der in meiner Kindheit fotografierte, habe ich denselben Ausdruck, entblößt, oder ungewiss, die Zunge auf die gleiche Weise im Mundwinkel.

Von drinnen kommen Geräusche, irgendjemand klirrt in der Küche mit Eiswürfeln, aber nicht Judith, und auch nicht Myrto, es ist Matt Dillmann, und jetzt erscheint er in der Tür auf dem Weg zu ihr, er trägt ein Tablett mit zwei Gläsern, und er ist nicht Clint Eastwood und sie nicht Meryl Streep, sie sind einfach nur Matt und Judith, und Matt hat Eistee gemacht, hat die hohen, schlanken Gläser benutzt, die sie im Winter auf dem Kirchenmarkt gekauft hat, jetzt ist nicht mehr Winter, eine plötzliche schwere Hitze hat sich über Minneapolis gelegt, vor der Bank steht ein Hocker, und auf den stellt Matt das Tablett. Er setzt sich neben sie, als wäre das alles hundertfünfzig Jahre her und sie die Mutter und er der Sohn oder sie die Tante und er ein jüngerer Verwandter, ein kleiner Bruder oder einfach ein Nachbar, ein Freund, und sie wären Siedler in diesem endlos großen Land, und endlich könnten sie sich ausruhen, ausatmen, einfach sinken, ein wenig still nebeneinandersitzen, und schauen.

Wie lange ist etwas sicher und ruhig und gut *genug*? Wie lange währt es? *Ich erwartete mir nichts Gutes. Warum musstest du einfach STERBEN.* Warum konnte ich nicht einfach deine Hand halten und bei dir sein, mit dir, nah, die ganze Nacht hindurch, bis es wieder Tag wurde?

Sind wir aus vielen verschiedenen Teilen zusammengesetzt, von denen einige rudimentär sind und primitiv und klein, während andere größer, älter, erwachsener, kompetenter und verantwortungsbewusster sind? Schaukeln all diese verschiedenen Teile in uns herum, und wer hat in diesem Fall den Überblick? Gibt es jemanden, der sich um alle kümmert, sie umarmt und hält und auf sie aufpasst? Oder herrscht dort drinnen ein elternloses Chaos, eine Horde Kinder unterschiedlichen Alters, und einige haben sich in eine dunkle Ecke zurückgezogen, während andere herumrennen und schreien und stoßen und streiten, und wieder andere versuchen, Ordnung zu halten und zu zügeln und zu bestrafen?

Die Zunge im rechten Mundwinkel und das Feuer vor der Kote und ich bin zehn Jahre alt, und Papa ist der schönste Mann auf der Welt, Mama ist nicht dabei, dafür der Hund und meine Brüder und Ruth und Jon, unsere Cousins aus Ørsta, und Ruth ist vier Jahre älter als ich, und sie ist so gut in allem, besonders in den Dingen, die Frauen können sollten, Kochen und Brot-auf-dem-Feuer-backen und An-andere-denken und Sanftsein und Nettsein, und auch ich bin gut in diesen Dingen, sehr gut sogar, aber das sagt Papa nie, er sagt immer nur, Sieh mal, wie tüchtig Ruth ist, wie gut, wie erdmutterhaft, sagt Papa zu mir, gefühlt viele Male, und was hat er da nur gemacht, denke ich jetzt, und Erdmutter, nur meine Brüder und ich wissen, was das bedeutet, nämlich einfach alles, was Mama nicht ist, alles, was meine Mutter nicht schafft, das schafft Ruth, genau das sagt Papa, mit Bewunderung und Anerkennung in der Stimme, tief und rot, und er muss es doch sehen, denke ich jetzt, er muss doch gesehen haben, wie traurig mich das machte, und auch für meine Brüder hatte er nie ein Nettes Wort übrig, er konnte etwas Nettes *über* sie zu anderen sagen, zum Beispiel zu mir, wenn sie selbst es nicht hörten, wie gut Jon im Angeln war, und was war das eigentlich für ein verdammter Mist, denke ich jetzt, was für eine beschissene Art, seine Kinder zu behandeln.

Sie sitzen dort mit ihren Eistees.

Es fühlt sich so groß an.

In Judiths Augen dehnt er sich aus, der glitzernde Ort unter Wasser. Matt kann ihn über das Glas hinweg sehen, wenn sie trinken. Er versteckt sein Lächeln. Sie auch. Und dann fangen sie an zu lachen.

Und von jetzt an kommt Matt manchmal abends zu dem grünen Haus in der Dayton 297. Judith kocht, sie essen am Holztisch in der Küche oder sitzen im Wohnzimmer auf dem Fußboden mit einem Teller auf dem Sofa, Matt guckt fern oder macht Hausaufgaben oder übt Klavier, nachts liegt sein junger Körper schwer auf dem Bett und Judith betrachtet ihn verwundert, am Morgen liegt er mit geschlossenen Augen da und zieht sein T-Shirt hoch, zeigt ihr mit der Hand, dass er von ihr berührt werden möchte, und so streicht sie leicht und ganz leise über seine Brust, über Bauch und Arme, als wäre er ein kleiner Vogel auf seinem Weg aus einem tausend Meter tiefen Brunnen nach oben, und als er schließlich den Kopf über den Rand steckt, ist sein Geschlecht hart und klar, und Judith küsst es sanft, bevor sie sich vorsichtig darauf setzt und ihn das letzte Stück hinaufsteigen lässt, hinauf in den Tag und in ihr Herz.

//

Ich habe es mir zur Angewohnheit gemacht, meinen Vater zu besuchen, wenn ich in Oslo bin, und sitze manchmal abends ein wenig bei ihm, früher habe ich das nie gemacht, der Fernseher läuft, und hin und wieder reden wir, aber meistens sitzen wir einfach nur da, jetzt macht Papa sich einen Gin Tonic, und als er wieder auf dem Sofa sitzt, hebt er das Glas und möchte wissen, ob das für mich ein Grund zum Anstoßen sei, Was denn, frage ich, Finnland und Schweden in der NATO, antwortet er, Mein politischer Berater bist doch du, scherze ich, Also wenn du dein Okay gibst, stoßen wir an, und das tun wir dann auch, und an diesem Abend werden weniger Bilder aus der Ukraine gezeigt und mehr aus Stockholm, schon den ganzen Tag verfolgt mein Vater die Parlamentsverhandlungen, und in den Abendnachrichten stehen die schwedische Ministerpräsidentin und der Oppositionsführer nebeneinander und verkünden, dass sie voll und ganz und gemeinsam hinter Schwedens Antrag auf einen NATO-Beitritt stehen.

Ich habe übers Geschlagenwerden nachgedacht, sage ich, ob ich ihn dazu etwas fragen dürfe, und er sagt Ja, und ich frage nach einem Gefühl, von dem er mir erzählt hat, dem Gefühl, niemand und nichts zu sein, ob er glaube, es könne damit zusammenhängen, dass er als Kind von Großmutter geschlagen wurde. Nein, sagt Papa, dieses Nichtigkeitsgefühl sei etwas anderes, Älteres, er sei etwa drei Monate alt gewesen, als seine Familie im Herbst 1935 aus China zurückkehrte, sie seien vier Monate auf See gewesen, er und sechs ältere Geschwister, um die man sich kümmern musste, Um mich hat sich niemand gekümmert, sagen meine Geschwister immer, als hätte ich einfach nicht gezählt, vielleicht war das damals so, sagt er, schon damals auf dem Schiff. Aber was ist mit dem Geprügeltwerden, frage ich, was hat das mit dir gemacht, und darauf antwortet Papa, darin habe gewissermaßen ein Sinn gelegen, ein System. Es war eine Strafe, sagt er, ich hatte etwas falsch gemacht und wurde dafür bestraft. Mutter war gerecht, sagt er und erzählt von einem besonders heißen Sommer, als alle bei der Heuernte mithelfen mussten, da habe er sich einmal davongeschlichen und sei zum Vika-elv angeln gegangen und mit einem ganzen Bündel Fische nach Hause gekommen, genug zum Abendessen für die Familie, sagt er und lacht, aber trotzdem habe er hinter der Scheune eine Tracht Prügel bekommen, schließlich hatte er sich davongeschlichen, sagt er, es gab Regeln, und die Regel für das Heuen besagte, dass er dabei sein musste, wie auch alle anderen, ob sie nun wollten oder nicht.

Mich wirklich wütend sehen. Warum sehe ich ihn danach wieder? Ich mache die MDMA-Reise und sehe ihn klein, sehe ihn ängstlich. Aber warum lasse ich ihn nicht einfach in Ruhe, was kann ich damit anfangen, was tun, für ihn?

Am Freitag nach der MDMA-Reise sitze ich mit dem Wasserglas in der Küche und schicke M Sprachnachrichten. Denn in einer der Aufnahmen, in der es um ihn geht, nicht um den Roman, rede ich davon, wie sehr ich ihn mag, und dass wir zwar nicht zusammen sein können, ich ihm aber vielleicht helfen kann. In diesen Nachrichten erzähle ich von der Angst meiner Kindheit, und dass ich gerne für ihn da sein möchte, mit ihm, falls er seiner Angst begegnen möchte. Sieben Nachrichten schicke ich ihm, mindestens zwanzig Minuten insgesamt, aber dann ruft mein Freund mit dem Krisenzentrum an, und als ich ihm von den Nachrichten und meiner Idee, M zu helfen, erzähle, sagt er: Vergiss es, das darfst du auf keinen Fall tun. Da werde ich wieder ängstlich und lösche alles, bevor M dazu kommt, die Nachrichten abzuhören.

Dennoch bleibt der Gedanke in mir bestehen. Könnte M nicht wenigstens selbst eine MDMA-Reise machen? Und ich ihn dabei begleiten?

Zurück in Mailand, die Hitze. Frühling in Mailand ist wie Sommer in Norwegen, die Zeit zwischen hier und dort scheint einfach nicht zusammenzuhängen. Auch in mir, ein merkwürdiger Zwischenzustand, atemlos, gehetzt, nur halb in den einen Schuh geschlüpft, renne ich mit dem anderen bereits aus dem Haus.

Er schickt mir Nachrichten, nicht oft, keine Worte oder Gedanken, sondern Bilder, ich deute sie als Zeichen, Rauchsignale über dem Wasser, dazwischen vergehen ein, zwei Tage, zufälliges Zeug, er sieht jemanden auf eigenartige Weise die Straße überqueren und macht ein Video, um mich zum Lachen zu bringen, oder ein Foto von Licht, das auf einen Pfosten trifft, und dem Schatten dahinter, er entschuldigt sich nicht, das hat Papa auch nicht getan, als wir klein waren, nie, als ob es das, was er getan hat, nicht mehr gäbe, danach. Wie auch immer, nach einer Weile schicke ich ihm eine Nachricht und frage ihn, ob er eine MDMA-Reise machen möchte, so wie ich mit dem Therapeuten, nur mit mir als Begleitung, neben ihm. Es dauert ein paar Stunden, dann antwortet er Ja.

Wir machen ab, dass er am Samstag zu mir kommt. Mitten in der Nacht wache ich auf, was, wenn er reinkommt und einfach zuschlägt. Tagsüber weniger ängstlich, nachts wieder mehr. Was habe ich da nur losgetreten. Ich kann immer noch absagen, denke ich, tue es aber nicht.

Was erhoffe ich mir? Ein Wunder? Dass sich etwas in ihm öffnet, wirklich öffnet, und dass wir einander begegnen können, einander sehen und halten können, uns verändern, verwandeln? Das wäre doch wohl ein Wunder? Dass das Gute in ihm stärker wird als das Harte und Wütende, dass das Verletzliche und Lebendige erstarkt, die Oberhand gewinnt und alles wird, was er ist, sein ganzes Selbst, alles an einem Samstagvormittag bei mir zu Hause auf der Couch mit MDMA?

Judith und Matt mit den hohen Gläsern in der Hitze auf der Veranda in der Dayton Avenue 297. Solltest du nicht in der Schule sein, will Judith fragen, aber was für eine Frage wäre das. Im *Buch der Gleichnisse* schreibt Enquist über die Begegnung mit der *Frau auf dem astfreien Kiefernholzboden*. Er ist siebenundsiebzig Jahre alt geworden, ohne je über diese Begegnung geschrieben zu haben, die für ihn alles veränderte und ihn *ins Zentrum des Lebens gleichsam, auf den Grund und in den Sinn von allem* führte, *dies war der Sinn des Lebens, beinahe wunderbarer als erlöst zu werden.* Er ist fünfzehn und liegt an einem Julisonntag weit oben in Nordschweden im Gras in der Sonne und liest, als er von einem Sommergast aus dem Süden, einer Frau, die viel älter ist als er, einundfünfzig, auf ein Erfrischungsgetränk ins Haus eingeladen wird, in die Küche, und dort lässt sie ihn in sich eindringen, auf dem Fußboden. Einfach so, ohne mehr zu sagen, als dass sie eine Ratgeberin sei und überprüfen wolle, ob seine Vorhaut zu eng sei. Sie lächelt, steht da, schließt die Augen, und ihre Fingerspitzen trippeln und hüpfen sanft auf seinem Glied herum, sie probieren zwei Zentimeter hinein und dann: ins Zentrum des Lebens, still und vorsichtig und *selig*, schreibt Enquist. Und dann begegnen sie einander nie wieder, und sie: Es muss ein Geheimnis bleiben. Dies ist für Enquist die Begegnung mit der Liebe, etwas öffnet sich und verändert sich für immer. Über dieses Treffen schreibt er hier zum allerersten Mal.

Die Liebesbegegnung als Wunder. Was, wenn es möglich ist, eine wundersame Begegnung, eine Liebesbegegnung, mit dem Kern seiner selbst zu haben? Das klingt einfach und naiv. Aber was, wenn es wirklich, tief im Innersten, einfach *ist*?

Und dies, mit Eistee im Schatten der Veranda zu sitzen, und Judith blickt auf Matt, der wiederum geradeaus auf die Stelle blickt, wo das Gras gelb geworden ist, sie betrachtet sein Haar, das ihm schräg über die Nase fällt, die hellen Wimpern, dann dreht er den Kopf zu ihr, und sie blicken einander an und sie versucht, in seinem Blick den Blick Myrtos zu finden, das Gefühl, dass sie gut war. In seinen Augen hatte es nichts gegeben, was sie wegstieß. *Da bist du ja.* Als wäre er jedes Mal, wenn er sie ansah, voller Freude darüber gewesen, sie erneut in seinen Augen zu haben: Wie gut, dass du gekommen bist.

Mit dem Helm sieht sein Kopf auf dem dünnen Körper viel zu groß aus, ein riesiges Insekt, die Brille, eine kriegerische Ameise, M manövriert den schweren E-Scooter aus dem Aufzug und in den Flur. Es ist bereits nach halb eins, wir hatten uns für zwölf verabredet, und er hat Hunger, er hat Hunger, weil er weiß, dass er nichts essen soll, aber er will essen, er will sabotieren, etwas in ihm will abhauen. Denke ich. In mir regt sich eine unterschwellige Angst, und über seinen Augen liegt ein Schatten, als hätte auch er Angst, ich bereite Kopfhörer und Augenmaske vor und mische die Kristalle, er trinkt und spült einmal nach, aber dann will er nicht mehr und legt sich hin. Ich bin einfach dort bei ihm im Wohnzimmer, gehe ein wenig auf und ab und sollte eigentlich arbeiten, schreiben, aber da liegt er nun, und ich hoffe so sehr, dass etwas passieren wird, etwas Schönes für ihn, dass er das Licht spüren kann, das ich in seinen Augen sehe, wenn er es mir entgegenleuchten lässt, hoffe, dass er spürt, dass dieses Licht sein eigenes ist, er selbst.

Aber ist es wirklich er, wenn er es nicht will, sich nicht dafür entscheidet, wenn er es nicht aufsucht, es nicht wachsen lässt, es nicht zu sich ruft und mit beiden Händen vorsichtig und behutsam ans Herz drückt, ist es dann überhaupt er?

Zugleich: Wie soll er sich für etwas entscheiden, wenn er nicht weiß, dass es existiert? Wenn er nicht weiß, dass es das Licht ist, das ihn ausmacht, und nicht, wie er später sagen wird, ein dunkler und aufmüpfiger Wille, der vom Vater niedergeschlagen werden musste, um ihn für uns andere erträglich zu machen.

Als er anfängt zu sprechen, nehme ich ihn mit dem Telefon auf, er trägt immer noch die Augenmaske. Die Stimme ist ganz weich, als käme sie von weit hinten im Hals, aus seinem Innersten, und er sagt: Du wirst immer bei mir bleiben, immer wirst du bleiben, bei mir. Es klingt, als würde er es ernst meinen. Ich freue mich so. Ich sei Bella, Buona und Brava, drei B, sagt er, lächelt, sichtlich zufrieden mit seiner Formulierung, Du bist meine 3 B, sagt er, und noch dazu intelligent. Zwanzig Minuten lang nehme ich ihn auf, dann stoppe ich die App. Nach einer Weile bricht ihm der Schweiß aus, er nimmt die Augenmaske ab, macht eine Rauchpause auf der Loggia, ehe er sich wieder hinlegt, und jetzt möchte er mich in seiner Nähe haben, vor lauter Anspannung habe ich ein Bier aufgemacht und mir ein Glas eingeschenkt, ich stelle es unter das Sofa und setze mich daneben auf den Boden, in der Hoffnung, dass er es nicht sehen wird, das Bier, und so bleibe ich sitzen.

Stundenlang sitze ich so da, er hält meine Hand, und seine andere Hand ist wie eine Pfote, die er hochhebt und fallen und über meine streichen lässt, ganz leicht, mit den Fingerspitzen, ein Heben und Senken, er hätte krallen können, reißen, kratzen, aber er tut es nicht, er ist vorsichtig, wie eine Welle fließt seine Hand über meine, immer wieder, ganz behutsam, ganz weich, und er tut mir nicht weh.

//

Verändert sich etwas durch diese MDMA-Reise? Er bedankt sich für den schönsten Nachmittag, den er seit Langem gehabt habe. Aber liebevoller und weniger aggressiv?

Ein paar Tage später rufe ich ihn an, normalerweise ruft immer er an, ich schreibe lieber, aber jetzt nehme ich das Telefon zur Hand, es ist helllichter Tag und ich gehe die stark befahrene Straße vor meinem Haus entlang, habe etwas zu erledigen, erzähle, dass ich mir fest einbilde, er habe sich einen *Defender* gekauft, und der sei rot, ob das wahr sei, ob er mir das erzählt habe, oder ob ich es einfach nur geträumt habe. Kurz wird es still, in gewisser Weise bejaht er, weicht aber aus, ich verstehe nicht, höre aber, dass er sich freut.

Von einem solchen Auto träumt er schon seit unserer Bergtour irgendwo nahe der französischen Grenze, kurz nachdem wir uns kennengelernt hatten, ich weiß nicht, wie viele hundert Meter es steil nach oben ging, und am Ende war M so erschöpft, dass er nur noch mit winzigen Schritten am Wegrand entlangtrippelte, während ich einfach weiterging, das letzte Stück war so steil, dass ich mich nicht umdrehen und hinunterschauen wollte, nicht darüber nachdenken wollte, was passieren würde, wenn meine Turnschuhe abrutschten, die ausgeleierten Adidas, die ich vor Jahren von L bekommen habe, und als wir schließlich oben waren, erleichtert und mit zitternden Knien, gingen wir ein wenig herum, da oben liegt ein verfallenes, aus verschiedenen Gebäuden bestehendes Fort, und dort, im Schutz der Steinmauern, standen mehrere Defender, manche mit Zelt auf dem Dach, und damit fing es an, auf diesem Ausflug sagte er, eines Tages würden auch wir so ein Auto mit Zelt haben und einfach davonfahren und ich dachte, *so weit fort wie möglich, und durchs Fenster die Berge und die Städte und das Meer betrachten und mit Menschen aus fremden Ländern sprechen, immerfort beisammen sein, niemals ankommen.*

Auf dem Weg nach oben, auf einer Felskante oberhalb des ersten Steilhangs, legten wir uns unter ein paar große Bäume. Wir lagen auf dem Rücken, ich erinnere mich an das Rauschen der Blätter hoch über uns. M drehte den Kopf und sah mich an, die braunen Augen mit Flecken aus Himmel. Ich wusste nicht, was in ihnen lag. Aber wenn das, was ich hin und wieder aufschimmern sah, wirklich existierte, wenn das, was manchmal plötzlich aus ihnen hervordrängte und zu mir herausstrahlte, wirklich da war, eine dunkle und tiefe Wärme, so sanft und zart, wenn es diesen Ort wirklich gab und er sich öffnen und zu unserem werden und wahr sein konnte, ja, dann war das alles, was ich wollte und jemals wollen würde.

Eine Woche später tut er es wirklich. Kauft sich einen knallroten Defender. Er hat ihn im Internet gesehen, bevor ich angerufen habe. Er fragt mich, ob ich mitkommen möchte, um den Wagen abzuholen. Und ich antworte mit hellem Ja, er sagt, wir müssten mit dem Zug fahren, es ginge einer nach dem Mittagessen, ich hätte also genug Zeit fürs Training am Morgen und könnte danach zu ihm kommen, und dann würden wir gemeinsam mit der Metro zum Centrale fahren und von dort weiter mit dem Zug. Ja!, sage ich. Und obwohl ich Angst habe, checke ich die

Abfahrtszeiten und finde dabei einen anderen Zug, der nur halb so viel kostet und nur zwanzig Minuten länger braucht, und frage, ob das okay wäre, aber ich bin immer noch nicht froh, als ich am Dienstagmorgen meinen Rucksack packe, ich nehme das MacBook mit, um im Zug zu schreiben, die Reise ist lang, bis Savona und noch weiter nach Norden.

Ich schließe das Fahrrad am Geländer in seinem Innenhof ab, nehme den Helm ab und gehe auf den Eingang zu, die verschiedenen Treppenaufgänge sind verbunden durch kleine Pfade über den Rasen, wie ein kleiner Hofplatz auf dem Land, und allmählich wird es warm, die Sonne scheint. Ich gebe den Türcode ein, dann die Treppen hoch, M wohnt ganz oben am Ende des Gangs, ich weiß nicht, was mich erwartet. Ich klopfe an und drücke die Klinke hinunter, die Tür ist offen, der Hund kommt unterm Tisch hervor und wedelt mit dem ganzen Hinterteil, ich gehe in die Hocke, kraule sie, streichle sie, höre das Wasser, M ist oben und duscht, ich stelle meinen Rucksack ab, den Helm, ziehe mir die Schuhe aus und gehe hoch, rufe auf dem Weg Hallo, um ihn nicht zu erschrecken, die Badezimmertür steht offen, diese offenen Türen, so war mein Vater auch, immer die Tür offen, selbst auf der Toilette, und ich sehe ihn von der Treppe aus, blicke übers Bett hinweg geradewegs ins Badezimmer, wo er nackt unter der Dusche in der Ecke steht, wie schön er ist, und dann sieht er mich, blickt mich direkt an, und lächelt.

Er humpelt die Treppe herunter, hat sich am Vortag bei der Arbeit den Knöchel verletzt, davon hat er nichts erzählt, er kann kaum gehen, aber er klagt nicht, ich frage, ob er trotzdem Auto fahren könne, immerhin dauere der Rückweg mehrere Stunden, aber das sei kein Problem, sagt er, er sei dankbar, dass seine Eltern ihn so erzogen hätten, wenn er als Kind hingefallen war, habe es bloß geheißen: Hoch mit dir, ohne Pusten und Hysterie. Der Knöchel ist wirklich geschwollen.

Auf dem Weg zur Metro berührt er mit dem Fuß kaum den Boden, er fragt, was wohl ein Taxi zum Bahnhof koste, Vielleicht zwanzig Euro, sage ich, und er humpelt weiter, vor uns liegt eine Apotheke, dort möchte er hin, um sich ein Kältepad zu besorgen, und dann weiter mit dem Taxi, plötzlich begreife ich, dass es wirklich ernst ist, ich bereue, nicht sofort auf einem Taxi bestanden zu haben, und sage es ihm, Ich weiß, du gehst gerne zu Fuß, antwortet er, Ach, du meine Güte, ich kann doch ein anderes Mal zu Fuß gehen, jetzt ist er diese ganze Strecke um meinetwillen gehumpelt, ich denke an meine Tochter und das eine Mal, als sie so starke Bauchschmerzen hatte, eine Art Vergiftung wegen einer Wechselwirkung zwischen zwei Medikamenten, der Arzt schickte uns direkt nach Ullevål ins Krankenhaus, und auch damals hörte ich nicht darauf, was der Arzt sagte, dass wir ein Taxi nehmen sollten, wir fuhren mit dem Bus, und das bereue ich bis heute, am Ende ist alles gut gegangen, das ist es nicht, aber ich hätte ihr zeigen müssen, dass ich sie ernst nahm, dass sie wichtig war, ihr Schmerz, und jetzt habe ich es wieder getan, nicht zugehört.

Susan Sontag: *Regarding the Pain of Others*. Ich habe es mir letztes Jahr bei Amazon gekauft, aber noch nicht gelesen. Außerdem habe ich mir das Buch besorgt, das ihr Sohn geschrieben hat, als sie schließlich an Krebs starb, sie hatte mehrmals Krebs, und, so wie L, wollte auch sie nicht über den Tod sprechen. *Swimming in a Sea of Death*, heißt es. Und ich denke an Sally Mann, die im Auftrag des National Geographic die »*the body farm*« besuchte, einen Teil der anthropologischen Fakultät der University of Tennessee, ein eingezäuntes Gebiet, auf dem nackte Leichen über den Boden verstreut liegen, um alle denkbaren Aspekte des Todes und der Verwesung erforschen zu können. *What Remains* nannte sie die Serie, und in diesen Bildern liegt eine stille Würde, wie zerbrechlich die Körper wirken, aufgelöst, fleckig, *and you should see the colors*, sagt Mann, *they're really beautiful.* In einem Interview erzählt sie, sie arbeite an einer Serie über ihren Mann Larry, den sie seit über vierzig Jahren fotografiere. *Larry has such confidence in my art,* sagt sie, *far more than I have*, jetzt leide er an Muskeldystrophie, und auch darüber hat sie eine Fotoserie gemacht, nahezu abstrakte Bilder von Linien, Schatten und Haut, aber das hier sei etwas anderes, das hier sei eine viel größere Serie, an der sie schon seit Ewigkeiten arbeite, *still in love, still at work*, Larry in verschiedensten Zusammenhängen, als Vater, häuslich, sexuell. Diese Serie wurde noch nicht veröffentlicht, Mann nennt sie *Marital Trust.*

Unser Zug fährt vom allerhintersten Bahnsteig ab und M humpelt und hinkt und ich sage, Ich kann dich tragen, wenn ich dich nur irgendwie auf meinen Rücken bekomme, und ich meine es ernst und weiß, ich würde es schaffen, aber M ist zu stolz, oder es ist ihm unangenehm, er lächelt nur, und ich weiß nicht, was dieses Lächeln bedeutet, ist er für mich oder gegen mich, ist er herablassend allein in seinem Schmerz oder dankbar.

Der Zug ist ein Doppelstöcker, M schafft es die Treppe hoch, denn ich möchte lieber oben sitzen, aber im ersten

Wagen ist die Klimaanlage kaputt und ohne wird es zu heiß, also gehen wir wieder hinunter und weiter in den nächsten Wagen. Der Zug gleitet los, bald sehen wir draußen weite Felder, ab und zu Häuser, Bäume und Hügel. Ich habe den Laptop auf dem Schoß, M auf dem Sitz gegenüber, er liest auf dem Handy. Nach etwa einer Stunde mache ich ein Video von ihm, zehn Sekunden lang, er schaut nach unten, aber dann scheint er etwas zu merken und blickt auf, ich zoome heran, er schaut direkt in die Kamera, oder zu mir, und am Ende ist es, als würde er nachgeben, oder sich hingeben, das würde ich eigentlich gerne schreiben, aber das tut er nicht, etwas in ihm hält ihn zurück, aber etwas öffnet sich auch, im Gesicht, es leuchtet in den Augen auf, und dann lächelt er.

In Alessandria müssen wir umsteigen und vierzig Minuten auf den nächsten Zug warten, im Bahnhofscafé kaufen wir Focaccia und vier kleine Bier, große gibt es nicht, wir bekommen alles in einer Papiertüte, und als wir zurück auf dem Bahnsteig sind, will M einen Joint rauchen, er humpelt mit der Tüte weiter vor, damit der Rauch nicht hineinweht, und dann stehen wir dort in der Sonne, ich nehme ein paar Züge und M den Rest. Im Zug öffnet er ein neues Kühlpad und legt es sich auf den Knöchel. Zwischen uns ist eine Zärtlichkeit, wie ich sie schon lange nicht mehr empfunden habe. Und während wir dort schweigend zusammensitzen und einander nur hin und wieder anschauen, spüre ich, dass ich Lust auf ihn habe. Vor einer Weile hat er mich gefragt, beiläufig, wie er es manchmal tut, wenn er eigentlich gründlich darüber nachgedacht hat: Und du, hast du keine Lust, und er meinte Sex und uns, und diese Worte haben sich in mir festgesetzt.

Und du, hast du keine Lust, und das frage ich mich auch selbst, habe ich mich immer gefragt, schon seit meiner ersten Ehe vor langer Zeit, als ich jünger war als meine Tochter jetzt, denn auch er fragte mich damals, *Und du, hast du keine Lust*, und das hatte ich einfach nicht, nicht so. Nicht so, wie offenbar alle anderen Lust haben, wie Lust in Zeitungen und Magazinen aussieht, straffe Hintern und runde Brüste, eine richtig schöne Beule in der Hose oder ein federnder Gang mit Muskeln an den Oberschenkeln und die langen schönen Männerbeine oder -arme, die Schultern oder der Blick. Ich habe mir gewünscht, so zu sein, aber ich bin es nicht. Aber als wir dort im Zug sitzen, verspüre ich dennoch Lust, und auf einmal begreife ich etwas über mich selbst. Ich begreife, dass für mich sexuelle Erregung nichts mit der Form eines Körpers oder der Art, sich zu bewegen zu tun hat, es liegt nicht an Ms geschmeidigen Hüften oder seiner Haltung, Rücken gerade, Kopf hoch, nicht an seinen Händen, abgenutzt und rau, oder den Linien in seinem Gesicht, die aussehen wie mit Kohle gezeichnet und die ich so sehr mag, nein, er könnte völlig anders aussehen und es wäre dasselbe, denn was mich anzieht und in mir den Wunsch weckt, ihn zu spüren und mit ihm nackt zu sein, ist *er*, ist dieses Zarte, und dass es sich erneut zwischen uns öffnet und sanft ist und sich in genau diesem Moment sicher anfühlt. Und wenn wir miteinander Sex haben, wenn wir in dem Guten in uns sind und dieses Gute füreinander öffnen, gibt es niemanden, dem ich jemals so nahe war, niemanden, der sich mir so hingegeben hat wie er. Mit M zu schlafen, wenn wir bei uns sind, ist Liebe, und sein ganzer schlanker starker Körper ist offen in meinem, und jedes Mal, wenn er in mich eindringt, ist es, als würde er es sagen, immer wieder, das Größte und

Schönste und Wichtigste von allem, dass ich ihm gehöre, und er mir, und *hier möchte ich sein. Das* ist meine Lust, das habe ich begriffen, als ich ihm an jenem Tag im Zug gegenübersaß.

//

Hatte ich immer schon Angst? Wurde die Angst auf mich übertragen, als ich ein Embryo war und mein Vater mit der Axt herumrannte? Mama hatte immer Angst. Und ich? Bevor es eine Sprache gab, in der ich Angst sagen konnte, gab es da nichts, was mich festhielt? Ich weiß es nicht. Und ist dann das eigentliche Problem meine Angst, und nicht etwa Ms Aggression? Hätte ich weniger Angst im Körper, wäre dann alles gut zwischen uns?

Als Person war sie empfindsam und hatte etwas Schutzloses an sich … Knaus schildert dich in Band 6, schreibt mir ein Freund. Ich muss an den Psychologen denken, zu dem ich ging, als ich nach meiner Scheidung Alice Miller gelesen hatte und mir einbildete, dass ich zu einem Mann in Analyse gehen müsste, um lieben zu lernen, er stopfte mir ein riesiges Kissen in den Schoß und sagte, ich müsse lernen, mich zu beschützen. Ich ging nie wieder hin.

Mit zwei Freundinnen gehe ich zu einem Pre-Opening der Biennale, eine ist die Kuratorin mit dem Risotto, wir wohnen in einer Suite mit Seidentapete und schiefem Boden und ich teile das Himmelbett mit ihr, ich habe Angst, auch wenn M weit weg ist, es tut die ganze Zeit weh und ich weiß nicht, warum, nachts kann ich nicht schlafen, winde mich, dass das ganze Bett schaukelt, die Angst ein Gitter unter der Haut.

Schutzlos kann auch offen bedeuten, und ich habe das immer als Stärke betrachtet, es mit dem Schreiben verbunden, mit offener Brust der Welt begegnen. Dank meiner Freundin dürfen wir an einer geschlossenen Party für Marlene Dumas teilnehmen. Ich mache mir nicht viel daraus, Leute zu treffen und zu begrüßen, Dumas trifft vermutlich ständig und auch heute Abend unzählige Leute, für mich zählt ihre Arbeit, zu der ich ohnehin Zugang habe, aber am Ende kommen wir doch *close up* an sie heran, meine Freundin stellt uns vor, Marlene drückt meine Hand und nickt freundlich und warm, und als ich trotz allem versuche, lächelnd etwas darüber zu sagen, was mir ihre Arbeiten bedeuten würden, dass ich darüber geschrieben habe und blablabla, lächelt sie ebenfalls und antwortet blablabla und macht eine Geste mit dem Arm, und wir lachen, bis sie weitergezogen wird. Aber das war es nicht. Das Beeindruckende war, Marlene Dumas zu *sehen*. Ihren kleinen Körper, wie weich sie war. Die Art, wie sie sich der Person, mit der sie redete, zuwandte, und zugleich auch der Person, die hinter ihr stand. Als wäre ihr Körper viel zu weich. Als wäre er in alle Richtungen offen.

Sie ist viel zu offen, sagt meine Kuratorinnenfreundin später. Dumas hat zwei Mitarbeiter, einen Mann und eine Frau, die sie von der Außenwelt abschirmen, ansonsten würde ihr Leben nicht funktionieren. Sie passen auf sie auf, sie ist viel zu zugänglich. Zwei Vollzeitangestellte, um sie zu beschützen, denke ich. Wer passt auf mich auf?

Ich mache ein paar Fotos von M vor dem Defender. Der junge Mann, der ihn verkauft, holt uns vom Bahnhof ab, und wir fahren über eine kurvige, schmale Straße bergauf in einen Wald. Aus einer Scheune tragen die beiden Männer die Originalheckklappe und ein Fenster, M hinkt, aber ich darf nicht mithelfen, sie laden ein. Der junge Mann gibt ihm die Schlüssel, und M reicht ein Set an mich weiter, Das sind deine, sagt er.

Der Motor lärmt und wir kommen nicht sonderlich schnell vorwärts, zwischendurch erreichen wir gerade mal hundert Stundenkilometer, wir reden nicht, aber ich sehe, dass er gut gelaunt ist, und als wir zum ersten Mal zum Tanken anhalten, muss ich darum kämpfen, dass er mich bezahlen lässt.

Als wir uns Mailand nähern, scheint er sich zu verfinstern, auch draußen wird es dunkel, und wir haben Hunger, eigentlich wollten wir ja feiern, aber jetzt müssen wir einfach nur zusehen, noch rechtzeitig irgendwo etwas zu essen zu finden, und ich sage, mir sei alles recht, nur kein Autogrill, wie wäre es mit dem Rathouse, fragt er, und ich erinnere mich, dass er vor Kurzem dort mit seinen Eltern und seiner Tante deren Geburtstag gefeiert hat, Klingt gut, sage ich und lächle. Er parkt den Defender neben einem anderen Auto mit Vierradantrieb, das im Vergleich klein und mickrig aussieht, Stell dir nur mal vor, wenn der rauskommt und den hier sieht, sagt M. Aber das Rathouse, wie er es nennt, heißt nicht Rathouse, sondern Roadhouse, und ist auch nichts anderes als eine Art Autogrill, bloß eine andere Kette, und ich weiß nicht, woran es liegt, aber der Ort macht mich einfach nur traurig, ich kann mich für keine Mahlzeit entscheiden und will am liebsten Wein trinken, aber als ich von der Toilette zurückkomme, hat M für uns Bier bestellt, und die ganze Zeit ist es, als wäre sein Vater ebenfalls dort, als wäre dieser Roadhouse-Besuch auf der Rückfahrt mit dem Defender für M eine Art, sich wieder mit seinem Vater zu verbinden, denn eigentlich hatten die beiden das Auto gemeinsam abholen wollen, der Vater sollte Miteigentümer sein, damit M günstigere

Versicherungskonditionen bekäme, aber dann hat Ms Vater seine Meinung geändert und war gegen den Kauf, und so blieb M wieder allein übrig und hat mich gefragt.

Jeder zwei Bier, und die Situation droht zu kippen, aber wir halten die Balance, schaffen es hinaus zum Auto, und bis zu seinem Haus ist es nicht weit, er parkt auf dem Innenhof und schließt das Tor ab und hinkt zum Eingang. Er nimmt den Aufzug und ich die Treppe, und dann mache ich eine Runde mit dem Hund, denn M kann mit seinem Fuß wirklich nicht gehen, ich nehme die Leine, und sie schwänzelt aufgeregt zur Tür hinaus, und vom Feld nebenan rufe ich Camilla an, habe ihr den ganzen Tag nicht geantwortet, nachdem ich gesagt hatte, ich sei mit einem Freund unterwegs, aber nicht, dass dieser Freund M ist, weil sie denkt, es sei endlich Schluss zwischen uns, und froh darüber ist, sie weiß, welche Angst ich hatte, und jedes Mal, wenn der Hund zu weit wegläuft, brauche ich nur ihren Namen zu rufen, nicht mal laut, oder kurz zu pfeifen, und schon kommt sie zurück.

Oben sitzt M auf dem Sofa und raucht, die Terrassentür ist angelehnt, auch ich nehme ein paar Züge, und da löst sich etwas über meiner Brust und tief unten im Bauch, und dann schlafen wir miteinander, und ich komme mehrmals, und so komme ich nur mit ihm, *bella*, sagt er sanft und blickt mich an.

In dieser Nacht schlafen wir nah beieinander. Als ich in der Dunkelheit aufwache und bemerke, dass er sich umgedreht hat, und die Hand nach ihm ausstrecke, nimmt er sie im Schlaf und hält sie.

//

Nur noch zwei Abende, dann fliege ich zurück nach Oslo, Mittwoch und Donnerstag, und zuerst sagt M, er müsse am Mittwoch mit einem Kumpel etwas im Lager erledigen, aber am Donnerstag könnten wir uns sehen, und ich bin erleichtert, denn sehen wir uns zwei Tage hintereinander, geht es selten gut, irgendetwas wird zu viel, was, weiß ich nicht, aber am Mittwoch ruft er an und sagt, sein Kumpel könne doch erst am nächsten Tag und dass er mich gern sehen würde – tut er es aus Pflichtgefühl, weil ich lange weg sein werde? Ich habe ihm erklärt, dass es viel besser sei, wenn wir uns nicht sehen würden, solange er das nicht wirklich möchte, da ich es merke und es mich unruhig macht, und auch ich bin mir anscheinend nicht ganz sicher, ob ich es möchte, denn als er gegen sieben anruft, antworte ich, dass ich gerade noch einmal *The Fugitive Kind* schaue und den Film gern zu Ende sehen möchte – will ich ihm zeigen, dass ich keine sabbernde Hündin bin, die allzeit bereitsteht? Gegen acht ist der Film zu Ende, und ich rufe ihn an, wollen wir uns sehen? *Mi farebbe piacere*, sagt M, und ich glaube, ich reagiere schon da, *farebbe piacere* klingt so distanziert, *würde mich freuen*, das hat er vorhin schon einmal gesagt, als wäre ich seine Tante und nicht seine Freundin, aber wieder einmal packe ich meinen Rucksack, wir haben ausgemacht, uns etwas fürs Abendessen zu überlegen, wenn ich komme, aber ich nehme trotzdem mit, was ich noch im Kühlschrank habe, immerhin werde ich lange weg sein, Puntarelle-Salat, Anchovis und Knoblauch für das Dressing, ein paar Bier und die Flasche Weißwein, die wir in der Woche zuvor geöffnet haben, ich weiß, das ist knapp an der Grenze dessen, was ihm lieb ist, wenn es um Getränke geht, die ich mitschleppe, und als ich ankomme, versuche ich, die Weinflasche heimlich in den Kühlschrank zu schmuggeln.

Bereits als ich ankomme, ist etwas mit ihm los, ich weiß nicht, was, es macht mich unruhig. Es ist warm, wir sitzen auf der Terrasse an dem Tisch, den er gerade gekauft hat, an einem Morgen habe ich ihm Fotos von Gartenmöbeln eines Onlineshops geschickt, und als ich am selben Abend zu ihm kam, war er in einem Secondhand-Laden in der Nähe gewesen, den seine Mutter kannte, und hatte einen alten weißen Eisentisch und zwei Bänke gekauft, und dort sitzen wir jetzt, und er ist abgewandt, also versuche ich, etwas zu erzählen, was ich machen werde, wenn ich nach Oslo komme, von all meinen Verabredungen früh und spät, er trinkt schweigend sein Bier, schaut mich nicht an, dann unterbricht er mich auf einmal und kommentiert irgendetwas unten auf der Straße, geht mit keinem Wort darauf ein, was ich gesagt habe, also muss ich allein weitermachen, und was tue ich eigentlich hier, warum sollte ich kommen, er macht nicht den Eindruck, als wolle er mich bei sich haben.

Warum gehe ich nicht schon da? Warum gehe ich mit ihm in die Pizzeria, auch der Hund kommt mit, er schubst sie mit dem Fuß unter den Tisch, holen uns zwei große Bier aus dem Kühlschrank, und ich trinke meins ganz aus, während er seines halb leer zur Seite schiebt und sich stattdessen eine Cola holt. Um Viertel vor zwölf gehe ich hinauf, um mich hinzulegen, Nicht einschlafen, sagt er, ich komme gleich und will *coccole*, das bedeutet kuscheln, und ich liege dort und gebe mir Mühe, nicht einzuschlafen, denn ich will ja gern kuscheln, aber er kommt nicht, und um Viertel nach zwölf denke ich, jetzt gehe ich runter und sage ihm, dass ich gleich einschlafe, aber er ist nicht im Wohnzimmer und auch nicht auf der Terrasse. Durch die Tür in der Küche höre ich Geräusche, dahinter ist das Bad, mir wird klar, dass er dort drinnen ist und sich irgendein Video ansieht, was guckt er sich da an, Pornos, denke ich, Sex und Gewalt, und zuerst klopfe ich an, aber dann mache ich einfach die Tür auf, ich will sehen, was er sich da anschaut, und er sitzt nackt auf der Toilette und zuckt zusammen und hebt die Hand, wie um sich zu schützen, und mit Kinderstimme ruft er *scusa scusa*. Ich verstehe gar nichts, da gebe es nichts zu entschuldigen, sage ich leise, ich habe nur wissen wollen, wo er geblieben sei, Du wolltest doch kuscheln, und ich schlafe gleich ein, und auf einmal ist es, als erreiche er einen anderen Ort in seinem Inneren, er sagt, plötzlich hart, ich solle mich einfach hinlegen, er komme bald, und wedelt mit der Hand, möchte mich weghaben, und dann gehe ich tatsächlich, schließe die Tür und gehe hinauf und lege mich hin und mache das Licht aus und dann weiß ich nichts mehr.

Dann weiß ich nichts mehr, bis ich um vier Uhr aufwache, und ich bin auch zuvor schon wach gewesen, aber jedes Mal, wenn ich die Hand nach ihm ausstrecke, weicht er zurück. Was mache ich jetzt, am liebsten würde ich einfach nach Hause radeln, aber ich weiß, wenn ich jetzt fahre, ist die ganze Geschichte zu Ende, ich bin so unruhig, und dann ist da noch die Weinflasche im Kühlschrank, und so schleiche ich nach unten und trinke ein Glas, aber es hilft nichts, und ich trinke noch eins, und erst, als ich die Flasche ausgetrunken habe, spüre ich eine gewisse Wirkung und gehe wieder hoch und lege mich hin und schlafe ein.

Es geht nicht gut. Etwas in mir hat es bereits gewusst, als ich die Weinflasche in den Rucksack gesteckt habe. Er ist in Rage. Es ist halb sieben, und als ich ihm erkläre, ich sei so unruhig gewesen und er habe mich einfach weggestoßen, antwortet er nur, dass ich nach Alkohol stinke, Du weißt, ich kann das nicht ab. Aber das war danach, sage ich, ich war so unruhig und habe getrunken, um weiterzuschlafen, um nicht nach Hause fahren zu müssen, um bleiben zu können, aber er hört nicht zu, ist wütend, hat nicht genug geschlafen und wiederholt sich, immer wieder, wie schrecklich es sei, was ich getan habe, er entfernt sich immer mehr, ist wie berauscht von seinem eigenen Gerede. Und so setze ich ein weiteres Mal den Helm auf, hole den Salat aus dem Kühlschrank und schnalle mir den Rucksack auf den Rücken, gehe hinaus, aber unten am Fahrrad bleibe ich stehen, drehe mich um und laufe noch einmal hoch, ich werde ihn jetzt wochenlang nicht sehen und möchte nicht, dass wir so auseinandergehen, Kannst du mich nicht einfach umarmen, frage ich in der Tür mit dem Helm auf dem Kopf, und er sagt nur: *Ich umarme keine, die stinkt* und ich schaue ihn an und fange an zu weinen und sinke in die Knie, Ich hasse es, wenn du weinst, sagt er, und dann gehe ich, gehe hinunter zum Fahrrad, schließe es auf, und sehr vorsichtig fahre ich am Straßenrand durch den hellen Morgen nach Hause.

Es ist der letzte Abend vor meiner Abreise und ich bin beim Sport gewesen, habe gepackt und geweint, Jetzt wird es langsam schwierig, schreibt er, danke für alles. Es klingt so, als wäre das einzige Problem zwischen uns der Alkohol, ohne den wäre alles gut, und ich bin es, die trinkt.

Aber für mich gibt es so vieles, was ich nicht verstehe, die Teile in ihm, wo er hell ist und zärtlich und alles zittert, aber dann ist da noch das andere, das Dunkle und all das, was er nicht erzählt, und als ich vom Training nach Hause komme, treffe ich seinen Vater, der gerade mit seiner Tante aus dem Haus kommt, ich halte ihnen die Tür auf, ein Gruß, und ich versuche zu lächeln, aber als ich dem Vater in die Augen schaue, zieht sich etwas in meiner Leistengegend zusammen, und ich weiß, was es ist, es ist *Angst*, und er lächelt nicht, seine Augen sind wie Fischschuppen, eine hinter der anderen, ein dichter Belag, der sich anfühlt wie Verachtung. Und als ich abends gegen zehn bei ein paar Gläsern in der Küche sitze und mich schließlich auf den Weg ins Bett mache, kann ich es nicht lassen und schicke M eine Nachricht und frage, wie alt er gewesen sei, als sein Vater anfing, ihn zu schlagen. Er antwortet, er habe übertrieben, so schlimm sei es nicht gewesen, er hätte weitaus mehr verdient gehabt. Ich bin kurz vorm Verzweifeln, google *nervo di bue*, damit habe der Vater ihn geschlagen, hat mir M erzählt, eine aus Ochsenpenis hergestellte Peitsche, steht da, ich scrolle mich durch verschiedene Bilder, die Peitschen sind kurz und geflochten, werden bei Zugtieren angewendet, oder bei Menschen, als Folter. Meine Hände zittern, was hat er mit M gemacht, mit meinem Jungen, und ich schreibe, Nächstes Mal, wenn ich deinen Vater treffe, werde ich sagen, Hast du's M etwa nicht genug gegeben mit deiner Peitsche?, und dann schalte ich mein Handy auf lautlos und gehe schlafen.

Um 05:20 Uhr wache ich auf und schaue auf mein Handy. Das Display ist voll, er hat mir geschrieben und angerufen, die ganze Nacht hindurch, er kann keine Sekunde lang geschlafen haben. Immer wieder dasselbe, WAGE ES NICHT, MEINE FAMILIE ZU ERWÄHNEN, ich sei eine Säuferin und eine total unfähige Schriftstellerin obendrein und er werde mich langsam ruinieren, ganz langsam, und nie wieder solle ich ES MIR ERLAUBEN, mich seiner Tante oder seinen Eltern zu nähern. Als hätte ich mich ihnen jemals genähert. Zitternd schreibe ich: *Ich werde nichts zu deinem Vater sagen, versprochen.* Das ist das Erste, was mir einfällt, und eigentlich möchte ich ihn damit nur beruhigen, aber er donnert zurück: Ich glaube dir nicht, du bist die Letzte auf der Welt, der ich vertraue. Er habe kranke Fantasien, schreibt er, darüber, was er alles mit mir machen wolle, und so geht es nonstop weiter bis halb neun Uhr morgens, als ich ihn schließlich blockiere. Kurz darauf hebe ich die Blockierung auf, aber dann schreibt er nicht mehr, gar nichts.

Ich gehe zum Sport, bevor ich mich auf den Weg zum Flughafen mache, und auf der Matte auf dem Boden des Fitnessstudios spüre ich, dass ich auf eine andere Art Angst habe als zuvor. Davor hat Camilla mich gewarnt, als ich das letzte Mal nachts nach Hause gefahren bin und ich sie gefragt habe, ob ich mit ihr reden könne, weil sie klug ist und M kennt, wir saßen auf einer Bank am Kanalbecken, und sie war ganz deutlich und klar: Diesmal sind es nur Worte, aber nächstes Mal? Ihr Blick auf mir: Willst du dorthin? Willst du wirklich dorthin? Für mich reicht es schon, wenn einer die Stimme erhebt, sagte Camilla, eine erhobene Stimme ist für mich genug, dass ich *Ciao* sage, und dann machte sie eine Geste mit der Hand, als würde sie eine Katze wegschieben, *ciao. Ciao*. Ich stelle mir meine Tür oben in der Ecke im sechsten Stock vor und den schwerhörigen, über neunzigjährigen Nachbarn nebenan, und was, wenn ich vom Sport zurückkomme und da oben steht M, immerhin hat er einen Hausschlüssel, wenn er dort steht und wirklich das tut, was er seinen Nachrichten zufolge mit mir machen möchte, was dann, und ich fürchte mich davor, nach Hause zu gehen, ich frage Camilla, ob sie mich begleiten kann, aber sie sieht die Nachricht nicht, schläft wohl noch, sie ist hochschwanger, da fällt mir der Pförtner ein, ihn könnte ich fragen, und das tue ich auch, als ich ins Haus komme, und er ist so nett, fast muss ich weinen, Ich habe solche Angst, sage ich, Ist es jemand aus dem Haus?, fragt er, aber mittlerweile bin ich schon lange genug in Italien, um nicht mehr alles zu erzählen, wie ich es früher getan hätte, ich sage nur, es sei irgendjemand da draußen und nicke mit dem Kopf in Richtung Stadt, und er sagt, Mailand sei eine gefährliche Stadt, Sie müssen vorsichtig sein, und als der Aufzug oben ankommt und ich die Tür aufschließe, bitte ich ihn, seinen Namen und seine Nummer auf meinem Handy einzuspeichern, damit ich ihn anrufen kann, wenn ich mit dem Koffer wieder nach unten muss, und er nimmt das Telefon und tippt, und ich habe nicht gewusst, wie er heißt, aber als ich auf den Bildschirm schaue, denke ich, welche Ironie, er heißt Sherif.

//

Auf die *Unvollendete*, Schuberts achte Symphonie, hatte Myrto sich bei seiner Arbeit in Minneapolis besonders gefreut. Judith legt sie im Wohnzimmer auf und stellt die Lautstärke hoch, damit Matt und sie die Musik draußen gemeinsam hören können. Der Anfang klingt so vorsichtig, wie jemand, der durchs Gras läuft, ganz still, auf einer weiten Wiese, trippelnde Füße, und dann beginnt die gleichsam summende Melodie von Oboe und Klarinette, als würde jemand gedankenverloren neben dir herwandern, und dann gelangt ihr von der Wiese in einen Wald, und es ist sonnig, aber nicht zu heiß, nur lau, und Licht fällt durch die Blätter herab, und die Melodie treibt dich an, weiterzuwandern, in allem liegt Ruhe und auch Hoffnung. Aber das ist nur der Anfang. Dann wird es kompliziert. Und nach einer Weile bleibt sie allein zurück, obwohl sie doch möchte, obwohl sie sich dafür entschieden hat, aber im weiteren Verlauf hängen die Klänge für sie nicht mehr zusammen, Myrto, denkt sie, auch hier in dieser Unruhe hat er gelebt, in dieser Auflösung, aber für sie schlingen sich die Klänge umeinander und verflechten sich und auf einmal ist der Wald nicht mehr einfach, sondern verhext. Er wächst zu. Verschließt sich vor ihr wie eine Wand. Myrto! Sie weiß nicht, was sie tun soll. Bleibt vor dem Spiegel im Flur am Fuß der Treppe stehen, Matt draußen und hinter ihr das Haus. Aufgelöst, auch sie. Vielleicht soll es einfach so sein, denkt sie nach einer Weile. Mag sein, dass Myrto in der Unvollendeten in einem Wald in seinem Inneren war, den sie nicht kennt. In einem Wald, über den sie niemals mehr erfahren wird.

Aber was, wenn es kein System gibt, frage ich meinen Vater. Wir sind still, als der ukrainische Präsident geradewegs in die Kamera blickt und sagt, *Wir geben nicht auf*, die matten Panzer, die vorwärtsrollen und zusammenkrachen wie Spielzeugautos in einem Sandkasten, aber es ist kein Spiel, wir blicken einander an, und *dann bleiben wir den ganzen Winter hier*, sein Rucksack vor mir über die Heide. Und Großmutter hinter der Scheune, *aber sie war gerecht*, hat Papa bei meinem letzten Besuch gesagt, aber was, wenn du völlig unvorhersehbar geschlagen wirst, frage ich, was passiert dann mit dir, Dann wirst du so, antwortet Papa und zeigt es mir: Er zuckt zusammen und hebt den Arm, als würde er einen Schlag abwehren. Ich blicke meinen Vater an, dann drehe ich mich um und wende mich ab, denn auf einmal begreife ich, sehe es ganz klar vor mir, ich war heruntergekommen ins Bad und M saß auf der Toilette, wie er erschrak und sich zusammenkrümmte und *scusa* mit der Kinderstimme, und natürlich kann ich es nicht mit Sicherheit wissen, aber plötzlich ist es, als sänke alles ein wenig in sich zurück, und ich bekomme eine Art Übersicht und denke, vielleicht war es gar nicht so, wie ich geglaubt habe, nämlich dass seine Mutter trank und ihn deshalb nicht vor seinem Vater beschützen konnte, vielleicht war es nicht so, denn vor Kurzem hat er mir erzählt, sie würde nicht trinken, schon von einem einzigen Glas werde ihr schwindelig, jetzt denke ich, dass er es gewesen sein muss, der Vater, dass er trank und, wenn er betrunken war und die Kontrolle verlor, zu M hereinplatzte und den Gürtel hervorholte oder die Peitsche oder was auch immer und alles aus sich herausschlug, was er selbst nicht mehr tragen konnte. Deshalb macht es ihn so wütend, und unter der Wut wiederum so ängstlich, wenn ich trinke, deshalb kann es schon nach einem einzigen Bier passieren, dass sich etwas in ihm zusammenzieht, und wenn *ich* zu viel getrunken habe, werde ich in ihm zum Vater, das eine gleitet ins andere und die Angst wird so total, dass es keinen Unterschied mehr macht, der Vater oder ich, und Betrunkensein wird für ihn zum Gefährlichsten von allem.

Ich weiß nicht, ob es so ist, und ich kann ihn auch nicht fragen.

Die Version seines Vaters, die zu seiner eigenen geworden ist: M musste gezüchtigt werden, sonst wäre es übel ausgegangen, denn M war ein Rotzbengel, und der Vater schlug ihn, weil er helfen wollte, ihn korrigieren und leiten, weil er das Beste für ihn wollte, aus Liebe.

Und dann begegnet er mir, und ich bin siebzehn Jahre älter, und etwas in ihm glaubt, dass ich ihm helfen kann, dass ich mich zu ihm hocken und ihn hochheben und mitnehmen kann, *piccolo*, und mit dem Defender davonfahren, aber ich schaffe es nicht, kann nicht, denn seine Angst geht direkt in meine über und macht auch mir Angst, gemeinsam mit ihm werde ich zum ängstlichen Mädchen, das ich war und das ebenfalls beschützt werden muss, aber so sind wir beide nur zwei ängstliche Kinder, und niemand kann uns helfen.

Ich erzähle meinem Vater von meiner Textnachricht, *Wenn ich deinen Vater treffe, werde ich sagen …*, und dass ich M damit doch eigentlich nur zeigen wollte, dass ich auf seiner Seite stehe und auch ihn auf diese Seite herüberziehen will. Mein Vater schüttelt nur den Kopf. Nein und nochmal nein, beinahe schreit er, ach, du meine Güte. Kein Wunder, dass er sauer war, sagt mein Vater und schaut mich an, ein zäher, dunkler Schmerz fließt in seinen Augen. Er ist mittendrin im Geschlagenwerden, sagt mein Vater, und jetzt musst du dort mit ihm sein. Dort sein, sagt mein Vater, nicht nur vom Kopf aus zugucken, kein distanziertes Gerede. Ich wollte doch nur helfen, sage ich. Er schaut mich lange an, dann sagt er leise: So machst du ihn nur noch einsamer.

Aber was kann ich dann tun, Papa? Du kannst gar nichts tun. Geduld, sagt Papa. Du kannst nur warten, sagt er. Unter dem Baum sitzen und warten, wie der Ochse auf der Wiese, sagt Papa, warten, dass er zu dir kommt.

Wie naiv ich war. M ist erst fünfunddreißig und altersmäßig viel näher an dem Jungen von damals, der jener furchterregenden Gestalt, die ich in seinen Augen gespiegelt sah, völlig ausgeliefert war. Er hat niemanden. Er hat nicht einmal sich selbst, abends allein mit zugezogenen Vorhängen in seiner Wohnung, er gibt sein Bestes, betreibt seine Firma mit zwei Angestellten, arbeitet von früh bis spät, raucht Gras, um sich zu entspannen, geht mit dem Hund spazieren, den er tritt und doch liebt, aber er hat niemanden, mit dem er die Bilder des Terrors und der Erniedrigung und des Schreckens teilen kann, keine Sprache, keinen Rahmen und kein System, keine Form, und wer bin ich, das ich mir einbilde, einfach daherkommen und alles umstoßen zu können, wenn es doch gerade das ist, woran er sich festhält, dieses Verständnis, egal, wie verrückt es mir vorkommt, egal, wie offensichtlich es für mich ist, dass der Kleine in ihm Mitgefühl braucht und Solidarität, und dass M sich zu ihm hockt, die Arme öffnet und sagt: Komm her, Kleiner, komm, wir laufen weg, wir hauen ab, wir gehen weit, weit weg und kommen nie wieder hierher zurück, niemals.

Als ich von meinem Vater weggehe, steht wieder einmal alles in mir kopf. Ich hatte mir eingebildet, ich hätte etwas getan, um M zu helfen, aber stattdessen habe ich ihm nur wehgetan. Allein. Zehn Tage sind vergangen, vielleicht mehr. Ich schicke ihm eine Sprachnachricht. Ich sage genau das. Ich sage Entschuldigung.

//

Vielleicht ist Judith ein deutlicheres Bild meiner selbst als das erzählende Ich, habe ich in mein Notizbuch geschrieben.

Der Anlegesteg in Minneapolis, der auf das Wasser hinausführt, abends, wenn die Nacht kommt. Da liegt der See, auf der anderen Seite von Wald umsäumt, unten ein schwarzer Bogen und darüber, oberhalb der Baumkronen, ein wenig Lila und ein Streifen Blau vor dem großen Nachthimmel. Auf der Wasseroberfläche werden die Sterne zu ungleichmäßigen Punkten aus Licht. Und dann ist es still. Und dann ist es nicht mehr.

Papa erzählt von Onkel E, der Herzchirurg war, und er hat meine Schwester geschlagen, sagt Papa. Und dann sind da noch Irma und ihr Mann, das waren Bekannte meiner Eltern, als ich ein Kind war, auch ein Schläger, sage ich, er hat sie mit Kochtöpfen und allem Möglichen geschlagen, und da bekommt Papa Atemnot, Lass uns über etwas anderes reden, sage ich, das hier wird dir zu viel, und dann hangeln wir uns hinüber in ein anderes Thema, an das ich mich nicht erinnere, und der Husten legt sich, aber was ich nicht verstehe und wonach ich auch nicht frage, ist, wie er das nennen würde, was er mit Mama gemacht hat, all die Jahre, während ich im Bett lag und zuhörte. War das etwa nicht Schlagen? Was denn sonst? Hat er es einfach in sich ausradiert, es neu definiert, sieht es für ihn völlig anders aus? Und ich schicke Mama eine Nachricht und frage sie, sage es genau so, erzähle, dass Papa, wenn er über andere redet, von Schlagen spricht, doch wie würde sie es nennen, was er mit ihr gemacht hat? Sie antwortet nicht. Sie schickt ein Smiley-Gesicht als Antwort auf etwas anderes, aber zu diesem Thema bleibt sie stumm, das war schon immer ihre Art, nichts sagen, nicht reden, als würde es dann verschwinden oder weniger wehtun oder was auch immer, und sie wird mir wohl auch jetzt nicht antworten. Wie war es, eigentlich? Das Einzige, worauf ich Zugriff habe, ist, wie es für mich ist, jetzt.

An der Tür hängt eine weiße Serviettenrose, als ich mit dem Koffer aus dem Aufzug komme. Am nächsten Tag sind am Straßenschild vor dem Haus ein roter und ein silberner Herzluftballon befestigt. Sie bewegen sich sanft in der Luft, sie sind wir, M und ich, sie berühren sich, bewegen sich, entfernen sich voneinander und kommen wieder zusammen.

Können wir uns treffen? Ein paar Tage sind vergangen, und wir verabreden uns an der Ecke im kleinen Park neben meinem Haus, ich spüre ein Pochen in meinen Armen, und plötzlich ist er da, das weiße Hemd im Dunkeln, mit geneigtem Kopf schaut er halb zu mir hoch, vorsichtig, als wüsste er nicht, was ihn erwartet, begreift er nicht, wie froh ich bin, ihn zu sehen, begreift er nicht, dass nicht er Grund zur Angst hat, sondern ich.

Ich bleibe vor dem Spiegel vor dem Waschraum stehen, als ich meine Sportsachen holen möchte, bleibe stehen und betrachte mich selbst, und ich erkenne sie nicht.

Wo ist sie? Wie kann ich sie finden? Bei ihr sein? Wie kann ich sie dazu bringen, sich weniger allein zu fühlen?

Es ist, als würde ich mich selbst nicht ganz ernst nehmen. Mir nicht glauben. Am deutlichsten abends, wenn ich erschöpft bin, müde. Die anderen wollen mich nicht. Die Augen, die ich im Spiegel sehe, warum liebe ich sie weniger, als ich M liebe, wenn ich in seine Augen schaue?

//

Ich komme mit dem Roman nicht weiter. Warte. Eine Woche nach der anderen vergeht, und ich warte.

Gehe langsam mit Camilla den Kanal entlang, Camilla mit dem riesigen Bauch, knapp vor Geburtstermin, sie hat den roten Hut auf, praller Sonnenschein, und unsere Schuhspitzen auf dem weißen Asphalt, ich erzähle ihr, dass ich immer wieder eine bodenlose Angst davor habe, M zu verlieren. Nicht nur ihn zu verlieren, sondern verlassen zu werden, genauer: für jemand anderen verlassen zu werden. Angst, dass er eigentlich etwas anderes will, eine andere. Angst davor, nicht gewollt zu werden. Nicht wirklich geliebt zu werden.

Wenn diese Angst kommt, kann ich nichts tun, sage ich, es ist wie eine Art Lähmung, ich kann kaum atmen. Hm, sagt sie. Wir gelangen in den Schatten unter ein paar Zweigen, die über die hohe Mauer hängen, sie blinzelt, als würde sie in die Ferne schauen. Dann fragt sie, wie es war, als meine Mutter wegging.

Damit habe ich mich nie auseinandergesetzt.

Ich habe ihr von Mama erzählt, die von uns wegging, um zu studieren. 1973, von Tana nach Oslo, an die Sozialhochschule des Diakonie-Klinikums. Sie hatte drei Kinder geboren und war noch nicht einmal fünfundzwanzig. Sie ging nicht, weil sie uns nicht haben wollte oder weil sie es satthatte, Mutter zu sein. Schreibe ich.

Ich glaube nicht daran. Hätte sie uns nicht verlassen wollen, hätten wir doch alle gemeinsam gehen können, alle, wir drei Kinder, und beide Hunde und der Wellensittich hätte auch mitkommen können. Und Papa. Oder nicht? Ist es nicht so?

Und dennoch hat sie sich dafür entschieden, zu gehen.

Und damit habe ich mich nie auseinandergesetzt. Ich habe mich viel mit der Zeit beschäftigt, in der ich ihr Geschrei hören musste, ungefähr von meinem zehnten bis zum achtzehnten Lebensjahr, als sie sich schließlich scheiden ließen. Es ist mir gelungen, in diese Zeit einzutreten, hineinzugehen zu diesem Mädchen, an seiner Bettkante zu sitzen und bei ihm zu sein, und nach und nach war es mir möglich, nach seiner Hand zu greifen, es aus diesem Zimmer zu führen, es mitzunehmen.

Aber das kleine Mädchen im Alter von dreieinhalb. Nichts.

Die einzige Erinnerung, die ich habe, ist von einem Foto. Ein Foto von der Esso-Tankstelle in Rustefjelbma, wo der Bus hält, der Mama zum Flughafen bringen wird, und da stehen wir drei, alle drei Kinder, und bestimmt auch die Hunde, es ist der 21. August (sagt Papa) und grau und verregnet, der Bus hält, das Geräusch, der Seufzer, und Mama, die einsteigt, ich sehe ihre Beine, die Stiefel, die Stufen hinauf. Dann muss die Tür zugegangen und der Bus weggefahren sein.

Und dann?

Nach diesem Bild, nichts. Völlig schwarz. Keine Erinnerung.

Darum habe ich nie daran gearbeitet. Ich wusste nicht, womit. Ich habe immer gewusst, dass Mama weggegangen ist. Aber ich hatte nichts Greifbares. Dachte, so schlimm kann es nicht gewesen sein, wenn ich mich nicht daran erinnere. War es wichtig, hatte es sich etwa aufgedrängt?

Meine nächste Erinnerung ist aus Rovaniemi. 15. November und dreiundvierzig Grad minus, sagt Papa, Mama ist ein paar Tage zuvor zu uns gekommen, wir werden zusammen in Richtung Süden reisen, für uns und die Hunde haben sie die Rückbank des weißen Kombis mit Rentierfellen ausgelegt, und in Rovaniemi übernachten wir in einem Hotel. Sie müssen mehrmals zwischen Auto und Hotel hin und her laufen, um alles auszuladen, die Kälte und der Schnee und die Dunkelheit, die Wohnzimmerblumen in Pappkartons, ich sehe nichts, meine Erinnerung ist ausgeschaltet, vier Monate lang ist es schwarz, und dann, als würde jemand das Licht einschalten: Wir sitzen im Hotelrestaurant an einem runden Tisch mit langer Tischdecke, Klaviermusik und herumwirbelnde Menschen und dichter Rauch. Und ich habe Angst. Irgendetwas ist gefährlich. Ich weiß nicht, was es ist.

Papa erzählt, sie hätten uns vorbereitet, gute Pädagogen, die sie waren, sie hätten uns nach Nesseby mitgenommen, um die Frauen kennenzulernen, die sich in Mamas Abwesenheit um uns kümmern sollten. Meine Mutter hat mir wohl die Überzeugung vererbt, dass die Töchter eine Ausbildung kriegen sollten – also auch deine Mutter –, wir wussten, dass es nun mal so sein würde, schreibt Papa in einer Nachricht. Und klar, ich bin seiner Meinung und sehr froh, dass Mama studieren konnte, das bin ich wirklich.

Aber was ist mit der Kleinen, die dort stand, als der Bus abfuhr?

Mama hat etwas anderes gewählt. Etwas, das nicht ich bin. Und zwar nicht nur heute. Auch morgen. Sie kommt nicht zurück.

Das hier währt ewig.

Wenn Papa schreibt: *So war es nun mal*, dann war es nun mal so. Ursprünglich hatten sie keineswegs vorgehabt, dass wir nachkommen sollten, wie wir es letztlich taten. Sie ging einfach weg. Und würde nicht zurückkommen. Damit gingen wir jeden Tag ins Bett. Da liegen, zu schlafen versuchen, mit dem Wissen, dass es nun mal so war. Am nächsten Tag aufwachen, ohne Aussicht auf Veränderung, ohne Hoffnung, ohne Versprechen. Es ist nicht und es wird nicht und sie ist gegangen, weil sie mich nicht wollte.

Das Gefühl ewigen Fortdauerns, das Gefühl, jemanden zu lieben, bedeutet, sich in einem bis zur Unendlichkeit ausgedehnten Zeitraum zu befinden, der einer Art Tod gleichkommt. Keine Bewegung, keine Veränderung. Ein elender, unerträglicher Zustand, von dem ich nur wegmöchte, um etwas anderes zu tun, etwas zu verändern. Die Trennung: eine Erleichterung. Erst jetzt begreife ich, woher dieses Gefühl stammt.

In diesen schwarzen Zeitraum einzutauchen, fühlt sich unmöglich an. Er ist undurchdringlich und macht mir Angst, ihn zu betreten käme einer Selbstauslöschung gleich.

Aber dann, in den Tagen danach, löst sich etwas auf, und ich fange an zu sehen. Die Bilder kommen an die Oberfläche, still, von innen.

Zwei Bilder. Das erste von der Küche meines Elternhauses, ein kleines Mädchen, es sitzt auf dem Fenstersims und blickt hinaus.

Das andere Bild ist ein Schacht, ein Brunnen, auch dieses Bild in der Küche, der Brunnen füllt das ganze Bild aus und darunter ist es schwarz, leer, unendlich. Das Mädchen hängt im Brunnenschacht. Es klammert sich an seinem Rand fest. Wenn seine Hände abrutschen, fällt es.

Ich erinnere mich an NEIN. Das ist meine Erinnerung aus jenen vier Monaten. Ich habe schon einmal darüber geschrieben, in *Uke 43*, Mama ruft aus Oslo an und man reicht mir den schwarzen Hörer, Mama am Telefon und ich irgendwo im Haus an der Flussmündung, Menschen, ich bin mit mehreren Leuten in einem Wohnzimmer, nicht nur mit meinen Brüdern und Papa, Rauch in der Luft, Stimmen, und dann der Telefonhörer, und ich schreie NEIN.

Nein war das Einzige, was ich *tun* konnte. Ich konnte ja nichts tun. Nein zu sagen, war das Einzige, was ich hatte. Ich hatte nichts.

Wie damals, als ich zu Beginn der Nullerjahre im Zuge eines Wechsels im Lektorat meinen Verlag verließ. Ich habe immer gedacht, bei diesem Konflikt sei es um unterschiedliche literarische Sichtweisen gegangen, ich war mit der neuen Art, mit Literatur umzugehen, nicht einverstanden und ging, um meine Bücher vor einem Narrativ zu schützen, für das ich nicht einstehen konnte. Das denke ich immer noch. Aber zum ersten Mal sehe ich, woher der gewaltige emotionale Druck stammte: Meine Lektorin hatte mich verlassen. Sie hatte im Verlag aufgehört, meine allererste Lektorin, die mich gesehen, die sich für mich entschieden und mich gewollt hatte. Sie wollte mich nicht mehr. Sie ging einfach. Und was ich damals tat, war ein erneutes Neinsagen. Ich ging ebenfalls. Es war schrecklich, als würde ich mich selbst ausschließen, und so war es in gewisser Weise auch, aber ich konnte nicht anders. Und erst jetzt, während ich dies schreibe, wird mir klar, warum es sich so anfühlte, als hätte ich keine Wahl gehabt.

Auch die Bedeutung des Gelächters wird mir klar. Wir lebten in einem psychiatrischen Heim für Jungs, waren immer mit ihnen zusammen, Papa war der Leiter. Ein paar von ihnen lachen über das Mädchen, die Jungs auf dem Sofa, auf den Stühlen, sie sind mit irgendetwas beschäftigt, vielleicht mit einem Würfelspiel, Yatzy, da klingelt das Telefon, der Anruf aus Oslo und die Kleine, die plötzlich Nein schreit, zu heftig, um verstanden zu werden, vielleicht, und da lachen sie. Und damit kann sie nicht leben. Denn dieses Nein, das ist sie, also lachen sie darüber, was sie ist. Als wäre sie, als wäre das, was sie ist, nicht wichtig, nichts wert.

Das Nein: HÖR AUF MICH. Es hat eine unglaubliche Kraft. Und ich begreife, was in diesem Augenblick geschieht. In diesem Augenblick formt sich etwas in ihr, so klar, so deutlich, plötzlich sehe ich, dass sie ich ist, die Schriftstellerin, in meinem innersten Kern ist sie. Ich weiß noch, dass ich nach meinem Debüt und in den Jahren danach, wenn ich zu meinem Schreiben befragt wurde, warum ich schreibe, immer wie unter großem Druck die Sätze von mir gab: *Es ist nicht wahr. Das glaube ich nicht. So ist es nicht.* Aber woher dieser Druck stammte, wusste ich nicht. Ich wusste nur, dass ich nichts anderes hatte. Das war ich.

Und so ist es auch. Aber das ist nicht alles. Da ist noch mehr. Da ist auch noch die andere. Das Mädchen in der Küche, das Mädchen am Fenster, das hinausblickt. Der Fluss und das Licht.

Plötzlich wird mir bewusst, dass dieses Mädchen meine Mutter unendlich schön fand. Meine Mutter war vierundzwanzig, als sie von uns wegging. Ich glaube, ich habe sie gern angesehen. Sie war freundlich. Ich kann mich nicht erinnern, dass sie mich jemals angeschrien hätte. Sie muss ein wirklich liebes junges Mädchen gewesen sein. Das Foto vom Tisch in Ørsta mit den harten Augen meiner Großmutter, mein Bruder ängstlich, aber auch Mama ist auf dem Bild, leicht nach hinten geneigt, zur Kamera, zu Papa, sie lächelt leicht, als hätte es zwischen ihnen eine Offenheit gegeben, eine Freude, und über ihr liegt eine solche Sanftmut, in ihren Wangen, in ihrem Blick, das Junge und Frische, die Sanftmut, die auch meine Tochter hat und die ich in mir selbst nie gespürt habe.

Und ich habe immer gedacht, ich könnte meine Mutter nicht leiden, aber jetzt denke ich, ist das nicht auch Liebe, die eigene Mutter schön zu finden? Und ich verstehe, warum ich immer gedacht und geschrieben habe, immer wieder, Buch für Buch, dass in der Schönheit eine Zärtlichkeit liegt. Mein kleines Kinder-Ich, das seine Mutter geliebt hat, und der Mensch, der sie war, war für mich das Schönste von allem.

Und dann ist sie einfach gegangen.

Mir wird bewusst, dass ich so aussehen wollte wie sie. Dass die Frisur, mit der ich letztlich vor über fünfzehn Jahren meinen Frieden gefunden habe, nachdem ich meine Haare abrasiert, rot gefärbt, lockig, schwarz, kurz geschnitten und gebleicht getragen hatte, dass diese Frisur, die ich seither trage, die Frisur meiner Mutter ist, als sie wegging. Kurz im Nacken, die schräge Linie über die Wangen nach vorn. Und ich begreife, warum es für mich unvorstellbar ist, einen runderen Körper zu haben. Den hatte meine Mutter auch nicht. Meine Mutter war sehr dünn, nach jeder Geburt ging sie auf Diät, aß nur ein gekochtes Ei pro Tag und war sofort wieder dünn. Dünn und schön muss sie für mich gewesen sein. Habe ich also versucht, mich selbst nach ihrem Bild zu erschaffen? Wie sie zu werden, um das haben zu können, was ich verloren habe? Um bei mir zu haben, was mich verlassen hat und woran ich in keinem anderen Menschen glauben kann, habe ich sie in mir selbst erschaffen, mich zu ihr gemacht, um sie nie wieder zu verlieren.

//

M springt auf der anderen Straßenseite aus dem Lieferwagen. Es ist Vormittag, *wo bist du*, fragt er am Telefon, und ich sage Auf der Straße, spazieren: Aber ich doch auch! Und dann der Knall der Tür, und dann steht er vor mir, der schlanke Körper, ich überquere die Straße, wie sehr er sich freut, er drückt sein Gesicht an meinen Hals, lehnt sich mit dem Rücken gegen den Wagen und zieht mich fest an sich, damit wir nicht zu nah an die fahrenden Autos kommen.

Ich habe nicht, niemals, geglaubt, dass jemand mich lieben könnte. Jedes Mal, wenn mich jemand liebevoll ansah, habe ich es weggeschoben. Liebe war nichts, was mich nähren oder wärmen durfte. Denn ehe ich darüber nachdenken konnte, war es geschehen, automatisch und beinhart, die Wütende marschiert voran wie ein Soldat und sagt: Das ist nicht wahr. Lass dich nicht täuschen. Sie wollte das Mädchen in der Küche beschützen, das Zarte und Verletzliche: Nie wieder sollte sich jemand bei ihm einschmeicheln und es dann einfach wieder verlassen. Aber in letzter Konsequenz habe ich mich dadurch nur selbst ausgesperrt.

Etwas verändert sich. Jetzt, da ich sie getrennt voneinander sehen kann und sowohl das Nein als auch das Mädchen am Fenster in mir existieren, kann ich sie auch in meinen Gefühlen unterscheiden. Ich kann die Wütende besänftigen und ihr erklären, dass ich jetzt erwachsen bin, dass jetzt ich aufpasse. Und ebenso kann ich in der Küche bei der Kleinen sein, die dasitzt und hinausschaut. Ich setze mich neben sie und wir schauen gemeinsam hinaus. Sie ist so ruhig und lieb.

Der Drang zu trinken lässt nach.

Die milden Abende im Dunkeln auf der Terrasse, Ms leise Stimme, ich lausche, bin ganz tief drinnen, wo es nur uns beide gibt, sehe die Lichter unter uns und weit in der Ferne. Er schenkt mir einen Ring. Er ist zu groß, also stecke ich ihn mir an den Zeigefinger, ein dünner Faden aus Gold und oben ein Herz. Wir heiraten in Las Vegas, er meint es ernst.

Und plötzlich sehe ich den Blick meines Vaters, als er auf den Zehenspitzen zur Tür schlurft und ich mich zum Gehen fertig mache, nachdem ich alle Garnelen aufgegessen habe, alles, was er für mich vorbereitet und mir aufgetischt hat in den zwei Stunden, die wir gemeinsam vor dem Fernseher verbracht haben, und er kommt auf den Zehenspitzen angetrippelt, gebrechlich und auf wackligen Beinen im Flur, gleich werde ich die Tür hinter mir schließen, wie er mich ansieht, und plötzlich begreife ich zum ersten Mal, was ich sehe: Seine Augen sind voller Liebe.

Die Sache mit dem Defender wird greifbar und real, wir reden in der Küche darüber oder wenn M mich mit dem Lieferwagen abholt und wir zum Angeln fahren, oder an der Kasse im Laden oder wenn wir seinem Hund beim Rennen zusehen, wie glücklich sie ist, trotz ihres Alters springt sie noch auf der grünen Wiese umher, sie wird auch dabei sein, wenn wir losfahren, raus aus Mailand, wenn endlich wieder Sommer ist, M räumt abends die Garage auf und hat dabei einen großen Wasserbehälter gefunden, von irgendwo weit außerhalb holen wir uns ein Dachzelt, es regnet, als wir ankommen und das Zelt aufklappen, um zu sehen, ob alles funktioniert, drinnen liegt eine Matratze bereit, man braucht das Zelt einfach wie einen Fächer aufzuklappen, dann steht es da, draußen an der Flussmündung gegenüber der Rødbergene, in meinem Inneren weiß ich genau, wo wir sind, wir biegen auf die Schotterstraße ein und fahren den Hang hinunter, die trockenen Grasbüschel, und dann halten wir unten bei den Felsen, weiter hinten der Fluss und die Sandbänke, und machen Feuer, und am Abend klappen wir das Zelt auf und klettern hinauf und legen uns hin, und dann schlafen wir, und am Morgen ziehen wir den Reißverschluss hoch, und das Licht strahlt auf das Delta und das Wasser und den neuen Tag, der Hund rennt herum, und dann sitzen wir dort oben auf dem Dach, schauen hinaus, und sind angekommen, sind einfach da.

Und dann bleibt es nicht so. Warum kann es nicht so bleiben. Warum kann es nicht einfach gut gehen?

//

M fährt hundertsechzig. Ich denke nicht, sage nichts, meine Brüder und ich auf der Rückbank, und es schneit, überall Schnee und Kiefern und noch mehr Schnee, und er macht eine Vollbremsung, das Auto stellt sich schräg, er steigt aus und reißt alle Türen auf, die Kälte, Raus, brüllt er, keiner rührt sich, Mama, keiner sagt etwas, der Hund presst sich gegen meine Beine. Ich hasse dich, M blickt mich an, Das weiß ich, sage ich, er hat auf einem Rastplatz angehalten, vor ihm auf dem Tisch steht ein Bier, es ist dunkel, es ist spät, wir sind auf dem Weg zurück nach Mailand.

Wir waren am Meer, und er ist das ganze Wochenende über distanziert gewesen, als wäre er lieber allein, und als wir am Sonntagabend zurückfahren wollen, liegt er mit dem Handy auf dem Bett, ich habe die Küche aufgeräumt, komme zu ihm und setze mich auf die andere Seite, strecke die Hand nach seinem Bein aus, streichle mit einem Finger darüber und sage, vorsichtig, dass ich etwas Zärtlichkeit vermisse, nur das, und da explodiert er und wirft mir alles an den Kopf, was seiner Meinung nach seit der Abfahrt am Freitag schiefgelaufen ist, eine ganze Liste, ich würde ihn nicht in Frieden lassen, und jetzt auch noch das, und er ist in Fahrt, es hört nicht auf, dabei hatten wir doch geplant, vor der Abreise am Meer essen zu gehen, daraus wird nichts, mein Kommentar habe alles ruiniert, und dann steht er auf, wir tragen die Taschen ins Auto, Hund in den Kofferraum und Abfahrt.

Warum kann ich nicht einfach gehen? Weggehen, von M. Was hält mich dort? Sollte es nicht Liebe sein? Und sollte Liebe nicht etwas Schönes sein, Sicherheit, Wärme? Nicht mit M. Mit M ist alles unsicher, die ganze Zeit. Was hält uns dann zusammen? Das Stärkste zwischen uns ist die Angst. Bei M habe ich ständig Angst. So, wie ich als Kind immer Angst hatte. Ist Angst eine Bindung? Ist Angst genauso stark wie das Sanfte und Freundliche?

Wenn wir mit dem roten Buch am runden Tisch saßen und eines von uns Kindern, einer meiner Brüder oder ich, davon erzählte, dass uns irgendjemand etwas angetan hatte, irgendetwas, ich weiß nicht mehr, uns gestoßen oder irgendetwas gesagt, eine Ungerechtigkeit. Dann hieß es nicht etwa: verdammt noch mal, wie gemein, was für ein Arsch, wie konnte er nur. Nein, es war ganz anders. Genau umgekehrt, nämlich: Denk dich doch mal in ihn hinein, der lebt dort allein mit seiner Mutter, die für die Gemeinde putzt und immer nur schreit, wenn sie den Mund aufmacht, stell dir das mal vor. Und ich dachte an das Haus mit der abgeblätterten Farbe und den dunklen Fenstern, jeden Tag nach der Schule dorthin gehen zu müssen, Und dann ist er total verzweifelt, sagt Papa und blickt mich an, und irgendwo muss diese Verzweiflung ja rauskommen. Und natürlich verstehe ich das. Damit ist das Gespräch zu Ende. Und dann ist Papa der Wütende. Aber eigentlich ist auch er verzweifelt. Die Großmutter, die ihn geschlagen hat, und jetzt Mama, die ihm nicht zuhört. Er steht auf und brüllt, schlägt auf den Tisch. Wir weinen. Das passiert ein-, zweimal in der Woche. Klar verstehe ich das.

Geduld, sagt Papa. Aber wer hat Geduld mit mir?

Ich stehe im Flur unserer Wohnung in Oslo, Papa kommt hinter mir aus der Küche, und Mama läuft von der Seite her an mir vorbei, schnell, eine Plastiktüte mit den Papieren für die Arbeit, und Tür auf, ich bin siebzehn, ich stehe dazwischen, sie stürzt hinaus und die Treppe hinunter, damit Papa sie nicht erwischt, *er rührt mich nie an*. Dann ist sie unten und weg. Und jetzt rührt er mich an. Packt mich an den Oberarmen und dreht mich herum und stößt mich rücklings durch den Flur und die Küche in mein Zimmer bis zum Bett, und dann drückt er mich hinunter auf die Matratze, und dann muss er über mir gestanden haben und mich niedergedrückt und mich dort festgehalten haben.

Ich erinnere mich nicht. Er muss losgelassen haben, irgendwann, und rausgegangen sein.

Die Angst: Es gibt im anderen keine Grenze mehr. Es ist der Ort, an dem die Ebene offen daliegt und der Wind durch sie hindurchweht bis ans Ende, bis hinüber auf die andere Seite, wo es für immer leer ist, von wo du nie wieder zurück auf die Straße findest.

Wie ging es dir damals? Niemand fragt, Mama, kein einziges Mal. Papa kommt mich in Mailand besuchen. Als ich von der Bahnstation heraufkomme, um ihn abzuholen, sitzt er schon in der Ankunftshalle auf einer Bank, der Rollkoffer, das Handy in der Hand, den Stock gegen den Oberschenkel gelehnt. Auf dem Weg nach draußen versucht er, sich Orientierungspunkte für den Rückweg zu merken. Er wird eine Woche bleiben. Papa, sage ich, darum brauchst du dich nicht zu kümmern. Ich werde dich begleiten.

Ich habe für ihn das WLAN zum Laufen gebracht. Eine Woche vorher kaufe ich einen Fernseher, damit wir abends Filme schauen können. Wir etablieren eine Routine, ich stehe kurz nach sechs auf, trinke Kaffee und Tee und sitze auf dem Sofa und schreibe. Um neun Uhr kommt er und setzt sich auf einen Stuhl am Fenster, liest auf dem Laptop Nachrichten, hat ein Sicherheitstoken für NRK dabei und loggt sich damit ein. Wenn es um die Ukraine geht, dreht er den Ton an, eine neue Offensive von Putin, es ist der Tag des Hubschrauberabsturzes am Stadtrand von Kiew, bei dem der Innenminister und mehrere Personen, auch Kinder, ums Leben kommen, als der Hubschrauber in einen Wohnblock mit Kindergarten stürzt. Papa kocht sich selbst Kaffee, möchte nicht, dass ich ihm etwas zum Frühstück mache oder hole, um halb elf brät er sich Speck und zwei Eier. Ich mache eine halbe Stunde YouTube-Yoga im Wohnzimmer, jeden zweiten Tag gehe ich zum Sport, Nordic Walking und Gewichte, wenn ich zurückkomme, sitzt Papa immer noch an derselben Stelle, der Stuhl, die Nachrichten. Nachdem ich geduscht habe, gehen wir hinaus, er mit Stock und Schal und Strickmütze. Wir gehen den Kanal entlang zu der kleinen Kirche, auf halbem Weg steigen wir in die Straßenbahn. Er hat sich vorgenommen, nach einer längeren Erkältung wieder in Form zu kommen, aber Es ist, als wäre man schon erschöpft, bevor man überhaupt angefangen hat, sagt er, Freu dich nur aufs Altwerden. Ich mache jeden Tag ein Foto von ihm, manchmal ein Selfie von uns beiden, und schicke es meiner Mutter. *Enjoy*, antwortet sie mit Herzchen-Smiley. Er freut sich über unsere Reise in den Norden, die M und ich für den Sommer geplant haben, Es ist fast so, als würde ich selbst reisen, sagt er und schenkt M ein warmes Lächeln. Aber meistens sind wir allein, Papa und ich, sie sind beide keine großen Redner, und Englisch sprechen sie auch nicht. Aber mit mir spricht er über alles Mögliche, erzählt von seiner Kindheit und von China und von meiner Großmutter, und dass sie es waren, die ihn ans Diakonie-Klinikum vermittelten, Großvater und sie, damit er eine Ausbildung bekäme, nach Gaza kam er zur Fortsetzung seines Militärdienstes, sobald er mit der Ausbildung zum Diakon fertig war. Ich frage ihn nach der Zeit der Maurerarbeiten für das Fundament unseres Hauses in Tana. An dem Tag, als ich anfing, waren es zwanzig Grad minus, sagt Papa. Du, sage ich, aber mein Bruder war doch auch dabei, Nein, sagt Papa, das habe ich allein gemacht. Er bekommt seinen ersten Gin Tonic des Tages und wirft die Zitrone in mein Wasserglas, es ist schon fast drei am Nachmittag, wir sind in dem Café in der Nachbarschaft, in das ich manchmal gehe, um zu lesen und Leute zu beobachten. Ich erinnere mich, dass er jeden Abend bei dir war, sage ich, sage nicht *sein musste*, was eigentlich der Fall war, aber Papa schüttelt nur den Kopf. Wir sitzen eine Weile da, dann kommt das Essen, Hähnchenbrust, und Papa ist angenehm überrascht, dass sie nicht trocken ist, wir machen Witze über unsere Zähne, und wie viele uns schon fehlen, und über Implantate. Danach trinke ich einen Kaffee, er hat immer noch das halbe Glas vor sich stehen. Wir schweigen, die finstere Grube. Das war eine ziemliche Arbeit, murmelt Papa vor sich hin. Wie seltsam, dass du dich nicht daran erinnerst, dass er dabei war, sage ich. Nein, sagt Papa, noch einmal. Er neigt nicht dazu, sich zu irren. Ich frage ihn, sage ich, und schicke eine Nachricht nach England. Es dauert etwa eine Minute, bis mein Bruder antwortet: Ja, kann mich gut dran erinnern. Wir stehen auf, Papa lässt es sich nicht nehmen, zu bezahlen, die Mütze halb auf dem Kopf, den Stock gegen die Theke gelehnt. Als wir hinauskommen, blickt er mich an und fragt: Wie alt war er da wohl? Wir gehen ein paar Schritte heimwärts. Zwölf, sage ich. Und Papa schüttelt nur den Kopf. Stell dir vor, dass das völlig weg ist, sagt er. Ich erinnere mich nur an mich selbst.

//

Ich setze mich auf die Bettkante und sage zu Papa, der das Mädchen festhält: Nein. Nein, sage ich. Das darfst du nicht. Da lässt Papa los. Und dann fängt er an zu weinen. Und das Mädchen umarmt ihn.

Nein, hallo, so geht das nicht.

Noch ein Versuch. Ich setze mich auf die Bettkante und sage zu Papa: Nein. Das darfst du nicht. Und jetzt lässt Papa los und fängt an zu weinen. Kleiner Papa, der Junge, der er einmal war, allein oben im Gebirge, die ganze Nacht mit der Angel am Bach. Aber anstatt Papa anzusehen, sehe ich das Mädchen an. Er darf einfach dort sitzen bleiben.

Dasselbe im Flur an der Wohnungstür. Ich stehe neben dem Mädchen. Sage Nein, Papa, das darfst du nicht. Lass los, sage ich. Mama ist draußen, Mama ist weg. Nur wir zwei sind hier. Nein. Und er scheint zu verstehen, und lässt los. Er lässt mich los, und dann sinkt er in sich zusammen und fängt an zu weinen. Und noch einmal gehe ich zu ihm, das Mädchen geht hin und beugt sich zu ihm hinab, und umarmt ihn.

Nein, sage ich mir. Nein!

Noch einmal. Ich stehe neben dem Mädchen, und Papa hält es an den Armen fest. Und diesmal, anstatt Papa anzusehen, schaue ich sie an. Nur sie. Es ist, als würde mein Blick ständig zu Papa hingezogen, ich muss mich dazu zwingen, von ihm weg- und auf das Mädchen zu schauen, jetzt ist es das Mädchen, das ich ansehen möchte, sage ich mir. Und Papa fängt an zu weinen, aber das kann ich nicht ändern. Ich blicke auf das Mädchen. Es blickt zurück, fast so, als könnte es es nicht glauben, fast so, als wäre es nicht wahr. Aber es ist wahr. Blicke es an. Sage: Jetzt sind wir zusammen. Jetzt bin ich hier.

//

Dann kann ich das auch mit M machen. Ich wende den Blick ab. Anstatt ihn anzusehen, blicke ich auf mich selbst. Ich sehe mich ihm gegenüber am Tisch sitzen, M wollte schon so lange nach Amsterdam, er dreht einen Joint, wir sind in einem Coffeeshop und haben Pilze gegessen, die Pilze wollte ich, die Wirkung hat noch nicht eingesetzt. Das Mädchen hinter mir werfe ihm Blicke zu, sagt er, er könne sie sofort haben, sie warte nur auf ihn, und ich drehe mich um und schaue sie an, eine junge Frau in gelbem Pullover, wie sie unauffälliger nicht sein könnte, und gerade das ist so demütigend, dass er versucht, mich mit einer Person eifersüchtig zu machen, die nicht mal hübsch ist, und dass es funktioniert, wie traurig es mich macht, ich bin sowieso schon traurig, keine Zärtlichkeit, was mache ich auf dieser Reise, ich habe nur Angst. Und die Pilze machen mir noch mehr Angst, wir werden rausgeworfen, weil in dem Coffeeshop keine Pilze erlaubt sind und die leere Schachtel auf dem Tisch entdeckt wird, wir gehen zurück zum Hotel, steigen die Treppe hoch, das schmale Zimmer mit der Dachschräge, M legt sich mit dem Rücken zu mir an die Wand und dann beginnen die Bilder zu rollen. Ich sehe nur eines, immer wieder. M hält mich in einem Käfig wie ein Tier. Mit einer Peitsche in der Hand steht er davor, höhnt, lacht, aber das Wichtige ist nicht, was er tut, sondern das Gefühl. Ich sehe nichts anderes, befinde mich die ganze Zeit in diesem Bild. Oder doch, da ist noch etwas anderes. Ich sehe mich selbst von außen. Kurze Augenblicke. Sehe die dreiundfünfzigjährige Frau in Mantel und Schal neben dem jungen Mann mit der Brille, hinter ihm auf dem Fahrrad, wie sie in den verrauchten Kneipen ein und aus gehen. Die erwachsene, würdige Frau, so offensichtlich, so völlig verloren. Plötzlich stößt mich M weg, schafft es gerade noch rechtzeitig aus dem Bett und zur Toilette, ehe er sich übergibt. Dann legt er sich wieder hin, krümmt sich. Ich sage nichts darüber, was ich sehe. Ich überlege, jemandem eine Nachricht zu schicken, will aber niemanden erschrecken. Weiß, dass die Wirkung nachlassen wird. Ich schaue auf die Uhr. Nur noch ein paar Stunden. Ich weiß nicht, wie viel Zeit vergangen ist, als M auf einmal sagt, er habe Hunger, und sich anzieht. Ich bin immer noch außerstande, irgendwo hinzugehen, bitte ihn, mir etwas mitzubringen. Die Erleichterung, als er das Zimmer verlässt. Was mache ich jetzt. Ich habe etwas gesehen, das ich nicht ungesehen machen kann. Ich schreibe einer Freundin, von der ich weiß, dass sie sich mit diesen Dingen auskennt, und frage sie, ob Pilze lügen können. Du lügst nicht, antwortet sie. Die Pilze lassen dich nur das sehen, was du bereits weißt. Was jetzt, wir haben noch einen ganzen Tag vor uns, ehe wir zurückfliegen, was soll ich verdammt noch mal tun. Ich rufe meinen Freund mit dem Krisenzentrum an, liege mit dem Kopfhörer im Ohr da, er hält mit seiner Stimme meine Hand. Ganz ruhig bleiben und nicht provozieren, ist der Plan. Wir reden immer noch, als M zurückkommt, McDonald's, ich lege auf. Du hast da weißen Schaum, sagt M und wischt sich mit einem Finger über den Mundwinkel.

Mailand, bin früher zurückgeflogen, am Tag danach fliege ich weiter nach Oslo. Als ich am Gepäckband stehe und die Koffer allmählich herausrollen, ruft er an. Ich hebe ab. Es ist aus, sage ich. Für immer.

Ich stehe neben dem Tisch im Coffeeshop, und anstatt M anzusehen, blicke ich auf das Mädchen. Eigentlich bin ich es, die als Erwachsene dort sitzt. Aber wenn ich daran denke, sehe ich nur ein Mädchen. Ich sehe, wie ängstlich es ist, wie allein, ich sehe, wie traurig das Mädchen ist, dort bei ihm zu sein, mit seinem glattrasierten Kopf und seinem Tabak sitzt er da, zerreibt mit der einen Hand das Haschisch zwischen den Fingern, in der anderen hält er das Zigarettenpapier, und das Papierstück für den Filter hat er hinterm Ohr stecken, sein Blick gleitet an dem Mädchen vorbei zu der jungen Frau, die dahinter sitzt. Ganz ruhig stehe ich daneben. Komm, sage ich. Lass uns gehen.

//

Im Einkaufszentrum in Oslo, mit dem Fahrradhelm in der Hand auf der Treppe vom Tiefgeschoss nach oben, habe mir einen Schlüssel nachmachen lassen, ich merke, dass mir der Rucksack von der Schulter rutscht, als plötzlich jemand von hinten herankommt und den Riemen zurechtzieht. So, sagt er im Vorbeigehen, und ich schaue ihn an, es kann doch wohl nicht, doch: Jørgen, sage ich. Er dreht sich um und lächelt. Die Haare sind nicht mehr rot, sie sind hell, dünner, seit dem Gefängnis müssen mindestens fünfzehn Jahre vergangen sein. Wir gehen zusammen nach draußen. Er steht neben mir, während ich mein Fahrrad aufschließe. Wir umarmen uns. Und dann fahre ich los.

Judith trägt das braune Kleid, es passt immer noch, etwas zu groß, das war es früher nicht, lange Puffärmel, sie zieht den Reißverschluss herunter und das Kleid gleitet herab, ein Häuflein auf dem Boden. Sie geht ins Wasser, die Füße auf den Steinen, und während sie hinausgeht, wird sie siebzehn, ihr Haar wird wieder rot und lockig und ihre Brüste wieder klein und unberührt, und während sie hinauswatet, steigt der Adler auf, wie aus Judith selbst, beide sind zugleich sichtbar, Judith auf dem Weg ins Wasser und der Vogel, der sich in den Himmel erhebt, wo sich die Bäume sammeln und enden, das Klare und Blaue, das sind Judith und der Adler hoch oben in der Luft.

Zitate

Virginia Woolf: *Mrs. Dalloway*, Aus dem Englischen von Walther Boehlich, Fischer Taschenbuch 2006
Per Olov Enquist: *Das Buch der Gleichnisse*. Aus dem Schwedischen von Wolfgang Butt, Carl Hanser Verlag 2013

© Baard Henriksen

HANNE ØRSTAVIK, geboren 1969 in Tana (Norwegen), ist eine der profiliertesten norwegischen Gegenwartsautorinnen. Sie hat eine große Leserschaft und wurde mit vielen Literaturpreisen ausgezeichnet. *bleib bei mir* ist ihr sechstes Buch im Karl Rauch Verlag.

ANDREAS DONAT wurde 1983 in Wien geboren. Er studierte Skandinavistik und klassisches Klavier in Wien, Berlin und Oslo, und lebt als freier Übersetzer und Pianist in Berlin.

Titel der Originalausgabe: *bli hos meg*

First published by Forlaget Oktober AS, 2023
Published in agreement with Oslo Literary Agency.

Der Verlag dankt NORLA
für die finanzielle Unterstützung der Übersetzung.

NORLA
NORWEGIAN LITERATURE ABROAD

Bibliografische Information der Deutschen Nationalbibliothek
Die Deutsche Nationalbibliothek verzeichnet diese Publikation
in der Deutschen Nationalbibliografie;
detaillierte bibliografische Daten sind im Internet über
http://dnb.de abrufbar.

Covergestaltung, Layout und Satz: Sebastian Maiwind, Berlin
Gedruckt auf chlor- und säurefreiem Papier und gebunden
bei Jelgavas Tipogrāfija, Jelgava in Lettland.
 Printed in Latvia.
ISBN 978-3-7920-0287-2

www.karl-rauch-verlag.de